Jan Turovski

Das sprichwörtliche

Leben

Roman

édition
LesMots

Bibliografische Information der Deutschen Nationalbibliothek: Die Deutsche Nationalbibliothek verzeichnet diese Publikation in der Deutschen Nationalbibliografie; detaillierte bibliografische Daten sind im Internet über www.dnb.de abrufbar.

Vom Autor vollständig überarbeitete und ergänzte

Neuausgabe

édition

LesMots

© 2025

in der edition andiamo

Lektorat: Anna Schneider

© Umschlag-Fotografik: Jan Turovski

Verlag: BoD · Books on Demand GmbH, In de

Tarpen 42, 22848 Norderstedt, bod@bod.de

Druck: Libri Plureos GmbH, Friedensallee 273,

22763 Hamburg

ISBN: 978-3-7693-9283-8

Printed in Germany

Das sprichwörtliche Leben

ist ein Roman, eine erfundene Geschichte.
Jede Ähnlichkeit mit lebenden oder verstorbenen Personen wäre daher rein zufällig.
Jan Turovski

1

Seine Augen verfolgten den Bautrupp ungläubig. Er saß schon länger unbeweglich, vorgebeugt, den rechten Arm auf der gewölbten Holzfensterbank. Ein Riss ging über die ganze Länge. Sonne schnitt diagonal Licht und Schatten in die Fläche. Seine Hände zitterten merkwürdig nach innen. Unter quellenden Augen bewegte sich Wasser in faltigen Tränensäcken. Kohnens Körper war zum klaren Gegner geworden.

Das Gemäuer der Burgschule ging in ihm um. Umkreiste, umstellte ihn. Und mulmig-breiiger Schwindel vermengte die Bilder. Der Bautrupp da draußen, hässliche Ziegel des Schulgebäudes oben an der Burg in altgewordenem Rot, sein Arm ohne jede Kraft, die fast gespaltene Fensterbank. Die Stirnseite des Rektorats zuckte schwärzlich-grau in seiner Erinnerung. Aus den Fugen rannen Sand und Mörtel. Er konnte die Lider kaum noch offen halten. Die Erinnerung quälte sich abwärts und wendete. Steine kamen wieder, die Fugen, rissige Ränder, schwarze Narben. Er hätte am liebsten die riesigen Ziegelmauern nachträglich verputzt, die in ihm waren, diese Wände, die Sockel, oder wenigstens alles eingerissen; Kohnen bemerkte seine schuppigen aufgerauten Hände, darin das Putzbrett, sah sie mit kreisenden Bewegungen jede erdenkliche Fläche zuschmieren. Aber da war nur diese kleinliche Straße mit dem zerrütteten Asphalt vor ihm, völlig unverändert seit

Jahren. Die engen, schütteren Geschäfte gegenüber, der spanische Laden, zwei konkurrierende Änderungsschneidereien, in deren Fenstern müdes Neon, manchmal sogar am Tag, die immer gleichen Stoffe und Kunstblumen beleuchtete. Der Friseur stand im schlaffen, kurzen Kittel in der Tür, den rechten Ellenbogen am Alu-Rahmen, den linken Fuß übergeschlagen. Hinter ihm diese gelbgewordenen Vorhänge mit grobem Raster und eingewebten bräunlichen Blumen, stark verschossene Preisschilder, vergessene Spraydosen, tote Fliegen. Das Obst lagerte in faserigen Kisten beim türkischen Nachbarn, der nur bei seinem Fladenbrot größere Umsätze machte und zwischendurch im *Türkischen Kulturklub* verschwand. Einem ansonsten nicht vermietbaren Ladenlokal an der Durchgangsstraße, in dem jederzeit müßige, qualmende Männer die Welt besprachen. Meistens jedoch scheuchte er Frau und Tochter. Die Scheibe des Lampengeschäftes wurde lustlos geputzt. Vor Kohnen versuchten sich Nachbarskinder auf der Fahrbahn an einem Springseil.

Die Schranke war unten und die Autos warteten wie kaltgestellt. Nur wenige beachteten das Schild *Bitte den Motor abstellen!*

Willst du einen Kaffee, Fritz?

Bei solchen einfachen Fragen konnte Fritz Kohnen zunächst seinen ganzen Menschen nicht koordinieren. Das war die Krankheit. Es war ihm immer peinlich. Er dachte als erstes: *meine Hände.* Sie können nicht. Sie machen was sie wollen. Früher haben sie nur gemacht was ich wollte.

Dabei hätte er nur Ja oder Nein zu sagen brauchen. Aber eben das konnte er nicht auf Anhieb. Fritz Kohnen hatte vornehmlich durch seine Hände gelebt. Sie waren das zentrale Orakel seines Lebens geblieben. Darüber dachte er natürlich nicht nach. Er wusste nur: früher konnten sie fast alles, jetzt fast nichts. Nun fiel ihm wieder ein, dass Elfriede ihm ja unter allen Umständen helfen würde. Immer aber war da ein Gefühl von Schuld. Denn ohne Elfriede ... Das Wort Engel wollte er nicht aussprechen.

Die Ziegel blassten nach, das Bild der Burgschule sackte, der Friseur wischte weg, die Olivenflaschen, drüben beim Spanier, hatten keinen Glanz mehr, Autos verschwammen, Abgase wölkten. Der griechische Änderungsschneider verließ seinen Laden. Das Lampengeschäft wirkte wie ein beleuchteter Friedhof.

Gern, sagte er, Kaffee, danke. Er sprach langsam.

Kohnen sah starr geradeaus. Beobachtete skeptisch die drei Männer, die den grauen Pressluftbohrer abluden, den Schubkarren, Hacken, Schaufeln und zwei Besen brachten. Sie gingen immer wieder aus seinem Blickfeld, was ihn nervös machte, denn so schnell konnten seine Augen ihnen nicht folgen. Früher wäre er einfach über die Straße gegangen, hätte gesagt: 'Na, was läuft denn hier so, Leute, lasst doch mal hören!' Aber früher hätte er sowieso über alles Bescheid gewusst, denn ohne ihn war diese Straße gar nicht denkbar. Nur dieses Früher war schon lange vorbei.

Er konnte jetzt, schräg hinter den Schranken, nur noch abgerissene Bewegungen erkennen. Das Schrankenwärterhäuschen ließ nur diese Teilbilder zu. Sie hatten es mit Material halb zugestellt. Früher hatte es im Zentrum seiner Überlegungen gestanden. Er fühlte sich persönlich getroffen von dieser Verweigerung. Langsam rann ein Speichelfaden aus seinem rechten Mundwinkel. Ein Tropfen in Zeitlupe. Er fiel.

Kommst du an den Tisch?

Es dauerte eine geraume Zeit. Er drehte sich halb um, versuchte zu lächeln. Seine Hände gingen weg wie gallertartige Massen. Und immer glaubte er, dass Teile von ihm am alten Platz zurückbleiben würden. Einen verhaltenen Moment stand Kohnen ganz starr, gebeugt, fixierte einen vagen Punkt draußen im Garten, der hinter dem Küchenfenster lag.

Ich muss hier bleiben, sagte er bedächtig. Eh ... da sind Männer! Ein Bautrupp. Ich verstehe das nicht!

Und er drehte sich wieder, wobei die Arme steif mitgingen, fand mühsam den Stuhl, ließ sich herunter. Fritz Kohnen war unruhig. Unruhiger als sonst. Sein Blick ging fahrig durch die verzerrende Scheibe. Seine Frau stellte ihm die Tasse hin. Sie schaukelte auf der verzogenen Fensterbank.

Du kommst doch immer an den Tisch! Ich meine, ... sonst.

Vorsichtig ließ sie ihn trinken und schaute gespannt über seine Schulter nach draußen. Immer empfand Kohnen Erniedrigung und Trauer darüber, dass er nicht imstande war, die Tasse selber ruhig zu halten. Denn er war ein Kerl gewesen.

Sie werden etwas reparieren, sagte Elfriede. Wie so oft! Nein, nein ...

Seine Unruhe wuchs. Dabei schien er verirrt in Starrheit und Umtriebigkeit, die indessen nur schwach zu spüren waren.

Letzte Woche haben sie ja schon diese ... diese große ... rote Ampel angebracht. Wozu, rief er. Was wollen die?

Elfriede hielt die Tasse wieder hin, schaute hilflos an ihm vorbei. Sie ahnte, um was es ging. Sie hatte da letzte Woche etwas in der Zeitung gelesen und die ganze Seite verschwinden lassen. Das würde noch ein Drama geben. Sie sah Fritz' mächtigen Nacken, dieses braungrüne Karo des Flanellhemdes, das am Kragenumschlag zu schleißen begann. Die breiten, mehrfarbigen Hosenträger, die er sein Leben lang trug, hatten tiefe Buchten in die ehemals mächtigen Schultern gedrückt.

Sie ging zurück zum Herd und stellte die Platte ab, die immer zum Warmhalten auf der roten Eins mit dem Punkt blieb. Durch den Herd ging ein Zittern, als ob er fröre. Die Erschütterungen der Züge waren mit der Zeit zu natürlichen Pulsschlägen geworden, als sei das Haus ein Körper für sich, zu dem sie gehörten. Wenn Fritz Kohnen sich besonders schlecht fühlte war es ihm, als fröre dieses kleine Haus, in dem sie seit fünfzig Jahren lebten, zitternd an der Bahnlinie fest, wo es dann geduckt und vertäut mit dem Bahnkörper eine wahre Schicksalsgemeinschaft eingegangen war.

Kohnen hatte eine Gänsehaut. Jetzt, da diese Männer da waren, fror er auch zwischen den Zügen. Seine Muskeln schmerzten und zogen sich ohne Aufforderung zusammen. Das Haus gehörte der Bahn. Sie hatten jedoch lebenslanges Wohnrecht. Die einstöckige, relative Enge war ihnen vertraut. Der kleine, wie ein schmales, längliches Dreieck geschnittene Garten, zwischen der Hauswand des Nachbarn und den Gleisen, warf Gemüse und Kartoffeln ab. Da betätigte sich Elfriede. Er, Fritz Kohnen, konnte es nicht mehr.

Sieh mal, sagte Elfriede, das ist immerhin ein gefährlicher Übergang. Seit den letzten Jahren schon. Die Ampel ist eine zusätzliche Sicherheit. So sehe ich das. Du weißt doch, ...was hier los ist!

Nein, nein, beharrte er. Da ... ist was anderes!

Sie verstand seine Unruhe nicht. Sie kam, wie ihr Mann, aus einer einfachen Familie, jedoch mit dem Unterschied, dass man bei ihr zu Hause die Dinge mit Würde hatte auf sich zukommen lassen.

Komm, sagte sie, komm Fritz, lass den Übergang! Da hast du ja nun wirklich genug Zeit zugebracht.

Jetzt nickte sein Kopf unablässig, was der Arzt als Ja-Tremor bezeichnet hatte. Damit hatte sie ihre Schwierigkeiten gehabt, weil Fritz ja eher stets der Nein-Typ gewesen war.

Nein, sagte er, ich kann hier ... nicht weg.

Elfriede goss nach. Der Kaffee zeigte ölige, kreisende Ornamente. Kohnen saß still. Sie strich ihm übers Haar, das sie morgens nur schwer mit Wasser bändigte. Gelbgraue Strähnen hoben immer wieder ab. Er zeigte deprimiert auf die Tasse, und sie ließ ihn trinken. Danach zog sie sich zurück in die Tiefe des flachen Raumes und nahm das Bügelbrett. Sie seufzte. Kommt Zeit, kommt Rat, dachte sie bei sich, und wusste doch, dass es aus dieser Krankheit keinen Ausweg mehr geben würde. Nie mehr.

Fritz Kohnen starrte steif hinaus. Über vierzig Jahre hatte er da drüben die Schranken heruntergelassen und wieder hochgedreht. Vierzig Jahre rauf und runter. All diese Verantwortung. Er spürte, dass da etwas Größeres im Gange war. Er fürchtete sich sogar. Vierzig unendliche Jahre Dienst an der Schranke und niemand sagte ihm etwas. Als habe er nie existiert.

Typisch, sagte er leise.

Und dann sagte er nichts mehr, bis die Männer ihre Baustelle abriegelten und zwei gelbe, grelle Blinklichter für die Nacht aufstellten. Das tote Auge der neuen, roten Ampel zeigte schon ohne Licht diese drängenden, drohenden konzentrischen Kreise.

2

Wer A sagt, der muss auch B sagen! Fritz Kohnens Vater hatte immer laut gesprochen, während er etwas tat. So, als müsse er erklären, was man ohnehin sah und als wollte er mitteilen, warum er es tat. Sprach sogar, wenn er allein war. Er hatte diesen Satz oft zu Fritz gesagt und betont: Wir Eisenbahner sind ja durchweg rechtschaffene, gerade Menschen, die sich nichts schenken lassen. Ja, zu seiner Arbeit muss man sich bekennen! Kohnen sah den Freizeit-Hobel im Garten auftauchen und helle zuversichtliche Späne ins Gras fallen. Wehmut erfasste ihn kurz. Er vermisste den kantigen Mann.

Er hatte oft an die Kirche gedacht, weil das Wort *bekennen* ein übermächtiges Sich-Ausliefern mit einschloss, und er sich in dem kühlen dunklen Kirchenraum wie ein Wurm vorgekommen war. Gebote über ihm, wie tief dröhnende Schritte. Das Leben bestand neben der Arbeit aus Kirchen- und Familienfesten. Kohnen aber hatte Kraft zu Taten in sich gefühlt. Später, während der vierzig Jahre Dienst, hatte er mehr und mehr am Posten 49 gehangen und sich nicht mehr von da wegdenken können. Hatte ihn verteidigt und ihn schließlich für so etwas wie eine uneinnehmbare Festung gehalten. Muskulöse Oberarme, an einem gedrungenen Körper, hatten die Schwengel bewegt und rechtschaffene Unerschütterlichkeit erzeugt, die sich über Gleise und Haus legte, wo Elfriede wirkte. Er war stadtbekannt. Jetzt und in den vergangenen Jahren seiner Krankheit hatte er zunehmend am Fenster gesessen, mit seinem starren, ausdruckslosen Gesicht, den Blick auf den Asphalt gerichtet. Seine Hände zitterten merkwürdig nach innen, als sammelten sie etwas nicht Vorhandenes ein. Sogar Schleifspuren seiner Fingernägel waren rechts auf der gebogenen Fensterbank im Mattlack zu sehen. Sein Kopf schien unablässig Ja zu sagen. Nur wenn Kohnen hinter sich El-friede mit den gewohnten Verrichtungen hörte und draußen gar nichts Ungewöhnliches geschah, schien er in einer bestimmten Stellung einzufrieren. Er saß dort wie angewachsen, die Augen in der Scheibe, im Fenstereck mit dem niedrigen Ausblick, beinahe fest installiert. Hitzeschübe wollten ständig von innen nach außen, agierten in ihm ohne Ankündigung. Selbst das nahm er nur verlangsamt wahr. Wenn er etwas sagte, fielen die Worte aneinandergereiht in skurriler Monotonie.

Bescheidenheit ist eine Zier, hörte er den Vater sagen. Alles, was er gesagt hatte, könnte jedoch heute gegen ihn, Fritz Kohnen, sprechen und verwendet werden. Denn er fühlte sich schuldig. Nachhaltig und unausrottbar, über Jahre hinweg. Jetzt und heute stach dieses Gefühl besonders heftig zu. Er konnte es nicht erklären. Sein Kopf war wie abgesperrt.

.... doch weiter kommt man ohne ihr, hatte Kohnen in jenen ersten Jahren, während und nach der Ausbildung, stets geantwortet, als er mit siebzehneinhalb die ungeliebte Schreinerlehre beim alten Bollig beendet hatte.

Schließlich hatte er diesen Nebensatz später nicht mehr vollendet, weil sein Vater daraufhin jedes Mal in eisiges Schweigen verfallen war. Drüben ging die Frau des Friseurs vorüber.

Dummheit und Stolz, sagte Elfriede beiläufig. Da, bei denen, geht jeder seine eigenen Wege. Seltsam! Er soll zusätzlich einen Freund haben. Du weißt schon ...

Aber Kohnen reagierte nicht. Sonst wäre er bei diesem Thema sofort explodiert und hätte sich mit dem Hintern der Friseuse aufgehalten. Sie ließ die Gardine neben ihm wieder herunter. Eine versteifte Falte blieb hochgestellt liegen, ähnlich einer Tüte.

Kohnen saß vornüber gebeugt. Er hörte noch das Echo seiner eigenen, kurzen, schlurfenden Schritte. Er war von der Toilette gekommen, wo seine Frau ihm schon lange helfen musste. Das Säubern, An- und Ausziehen, das Essen und Trinken, nichts ging mehr ohne sie. Der Gebrauch seiner Hände war über die Jahre immer mehr zum Kunststück geworden. Sie zitterten nach innen gestellt. Nicht einmal seine Hosenträger konnte er an manchen Tagen alleine überstreifen, geschweige denn befestigen. Dabei hatte Elfriede selbst Probleme genug. Herzschwäche quälte sie, und der Zucker. Zwar beherrschte sie ihre Insulin-Spritzen im Schlaf, aber dennoch. Da gab es gewisse Lebensängste. Solche, die sie selbst, andere, die Fritz betrafen. Sein eventuelles Überleben. Was würde aus ihm werden, ohne sie? Gott sei Dank kamen ihre Kinder regelmäßig vorbei, halfen bei diesem und jenem. Das konnte ja nicht jeder sagen.

Sie stellte das Radio an. Leise, denn sonst würde er die Hände abwehrend erheben. Hörte stets *Zwischen Rhein und Weser*, schaltete dann um auf die *Heimatmelodie*, würde auch noch *Der Tag um Fünf* zu Ende hören, der später in den *Musikexpress* überginge. An wärmeren Tagen säßen sie beide draußen zum Abendessen, im kleinen, rechten Winkel des Hauses, aus dem der Garten hervorging, der in überschaubarer Ferne an einem weißen Pfahl spitz zu Ende kam.

Kohnen saß gebeugt. Beinahe vergreist. Fast ohne wirklichen Blick. Drüben, jenseits herabgelassener Schranken, erkannte er den jungen Kollegen hinter der spiegelnden Scheibe, wenn der sich bewegte, wie er den Telefonhörer schwenkte, Züge annahm und durchgab, oder sich seine Füße vertrat. Drohend hockten neben dem Häuschen die abgestellten Bauutensilien. Der riesige Presslufthammer, Hacken, Schaufeln, Sand und die kleine Planierungsmaschine unter der viel zu kurzen Plane. Sie erzeugte blauen Dieseldampf. Der Gestank hielt sich fast den ganzen Tag, denn auch die Presslufthämmer waren schwer erträglich. Das Bahnwärterhäuschen schien beinahe unerschütterlich. Schließlich hatte es den Krieg überstanden. Es war vor Jahrzehnten zuletzt hergerichtet worden. Aber es war bei weitem nicht mehr das gleiche wie früher. Innen hatte er es stets gepflegt. Kohnen sah angestrengt hinaus.

Schon lange waren die Blumenkästen verschwunden, bald nachdem er pensioniert worden war. Die Erde hinter dem Posten 49 wurde nun auch nicht mehr umgegraben, kein Unkraut mehr entfernt. Das alles hatte er, Fritz Kohnen, früher freiwillig gemacht. Hatte sogar in den ganz frühen Jahren, Winter für Winter, an die fünfzig Zentner Briketts im Schuppen eingelagert, den Posten geheizt, Fenster geputzt, und das Häuschen regelmäßig gereinigt. Was wussten denn schon diese jungen Schnösel von Arbeit und Verantwortung? Nie käme sein Nachfolger herüber, um ihn nach etwas zu fragen. Und er hätte ihm so manchen guten Rat geben können.

Heute ... heute ist doch Freitag, Elfriede, Freitag ...?

Ein warmer Nieselregen ging nieder und sprenkelte abstrakte Muster in den Bürgersteig. Montag käme der Bautrupp wieder, so wie es aussah. Oder hatten sie den Posten nur als Zwischenlager benutzt? Für eine andere Baustelle? Inständig hoffte Kohnen, dass nicht noch mehr Neues sein Leben angreifen und verändern würde.

3

Die Volksschule hatte Kohnen mit Mühe erledigt. Denn sein Körper wollte unablässig etwas bewegen. Seine ständig waschende Mutter, die nur an Feiertagen ihre Haare aufmöbelte, hatte ja einem Selbsterziehungs-Prinzip vertrauen müssen. Und so hatte das Leben auch selbst seine Chance bekommen. Bei sechs Kindern, der Wäsche für einige bessere Häuser, blieb einfach keine Zeit. Locken klebten in ihrer Stirn. Ihrem Foto, auf der Schlafzimmer-Kommode, wurde sie immer unähnlicher. Die Kattunschürze, grau, verschlissen, sah aus wie geschunden, so oft rieb sie sich die Hände daran trocken.

Habt ihr Schularbeiten gemacht?

Klar, haben wir. Na gut.

Die Schule war ein Ort des Zwangs, wie die Kirche. Und manchmal rochen sie sogar ganz ähnlich. Schule und Kirche, Orte des Zwangs und der Unterdrückung. Kohnen war klein und wurde oft verprügelt. Kohnen war nicht redegewandt, und so fühlte er sich vom Pfarrer mit Worten und Drohungen niedergemacht, diesen Strafen des Jüngsten Tags bereits im Diesseits ausgeliefert.

Ehrlich währt am längsten, hatte Kohnens Mutter immer gesagt und dieses riesige Waschbrett weggestellt. Ich tue eine ehrliche Arbeit! Der Vater, ein in der Wolle gefärbter Eisenbahner, immer im Dienst, oder werkelnd am Haus und im Garten, sonntags die Kinder kurz auf dem Schoß, kam fast nie aus seiner 'ehrlichen' Müdigkeit heraus. Tja, tue Recht und scheue niemand! Fange mir bloß nie mit diesen Tauben an, wie dein Vater, hatte Elfriede gesagt, nur das nicht!

Fritz atmete schwer. Er war noch schweigsamer als sonst. Seit längerem kapselte er sich mehr und mehr ab, wollte keine Bekannten mehr sehen, verlor die Fühlung mit Dingen des Alltags. Es war, als habe er keinen Hautkontakt mehr mit der übrigen Welt. Elfriede Kohnen sah seine Entwicklung mit Skepsis. Der breite schweigsame Rücken, seine Unruhe, wie eine mühselig erworbene Aura.

Sie werden da einfach etwas reparieren, sagte sie noch einmal.

Große Antriebslosigkeit erfüllte ihn. Jedoch diese Antriebslosigkeit wies über seine Krankheit hinaus, Elfriede sah eine Starrheit, die ihr neu erschien. Bei aller Versteinerung schien er innerlich auf dem Sprung zu liegen. Seine Finger, nach innen gestellt, glichen ängstlich fragenden Organen, schienen Geld zu zählen, wollten trommeln. Das alles war seiner Frau bekannt und doch lag darüber ein unsichtbares engmaschiges Netz. Es ist diese tückische, verfluchte Krankheit, was denn sonst, sagte sie sich, Schicksal eben, sie schreitet fort.

Mir ist schwindelig, sagte er starr.

Du solltest schlafen, Fritz, rief sie vom Herd, wo ihre eigenen Hände unzählige kleine Wege gingen.

Elfriede kochte vor. Vorkochen war eine ihrer Spezialitä-
ten. Für ihr Essen war sie berühmt. Ihre Enkel hatten sogar bestimmte Gerichte gemalt und diese bunten Zeich-
nungen mit Worten der Anerkennung versehen. Elfriede
Kohnen bewahrte solche Schätze in einer Küchenschub-
lade auf. Ab und an nahm sie sie heraus, blätterte sie durch
und erinnerte sich gern an bestimmte Geburtstage oder
Weihnachtsfeste.

Wie soll ich schlafen, knurrte er. Ich kann hier nicht
weg! Kann ... nicht weg ...

Nur im Schlaf verschwand der Tremor. Wie ein Stein im
Bach lag er dann da und Elfriede glaubte, es sei wie früher, wenn er die Arbeit mühsam in ruhigen Träumen abgelegt hatte, um frisch wieder zu erwachen.

Man hatte Kohnen des Öfteren versetzen wollen. Bessere,
größere Aufgaben bereitgestellt. Aber er hatte seinen Posten 49 immer vehement verteidigt. Den oder keinen! Das
hatte er sogar einem der Herren von der Regionaldirektion
gesagt. Auch hatte er stets Elfriedes Kränklichkeit ins Feld
geführt. Schließlich hatte man es, nach seinen zahlreichen
Ausweichmanövern und Winkelzügen, dabei belassen. Immer unter dem Hinweis, dass man ihn aber versetzen
könne und er sich gegebenenfalls zu fügen hätte. In seiner
Personal-Akte war sinngemäß sicher ein Eintrag zu lesen:
Dieser Mann ist etwas begrenzt, fixiert, aber unbedingt zuverlässig.

Die Sonne mogelte sich durch an diesem Morgen. Trauer hing in den Fassaden. Lack rollte ab, in den Höfen verdunstete die Feuchtigkeit der Wäsche. Die Leute eilten mit Tüten vom Markt, den Blick suchend am Boden. Schwüle säumte die Giebel.

Mach mir bitte einen Kaffee, sagte Kohnen nörgelnd. Dieses ...Wetter, ah, ... das Wetter!

Elfriede drehte das Radio an, fand leichte, ruhige Musik, stellte die Sachen behutsam hin, vermied laute Geräusche und summte mit. Das würde ihn schonen.

Schon wieder ein anderer auf dem Posten, sagte er beinahe tonlos. Dieser junge Spund da ...!

Du musst dich mal von dem Posten lösen, sagte Elfriede. Da hält dich doch nichts mehr!

Die haben was vor, sagte er. Erst die Ampel ... die neue, und jetzt das da. Das ist nicht komisch. Was ... soll das bloß?

Und wenn schon, sagte sie, Fritz, das ist nicht mehr deine Sache.

Hm, hm, knurrte er und schüttelte den Kopf.

Fritz schüttelte seinen Kopf heftig. Dies ständige Ja-Ja-Sagen sah dadurch merkwürdig verzerrt aus. Ja-Tremor, wie der Arzt gesagt hatte, und Elfriede hatte es auch so verstanden, dass er, Fritz, eigensinnig wie er war, plötzlich etwas Grundsätzliches, Unausweichliches am Leben bestätigte, statt es in Frage zu stellen. So, als habe er seinen Widerstand gegen die Krankheit viel zu früh aufgegeben.

Übermorgen kommen die Kinder, sagte sie betont versöhnlich.

Ja, sagte er, sollen den Garten nicht wieder ... auf den Kopf stellen! Hab mein ganzes Leben ... drin geackert!

Hast drei Kinder, sagte Elfriede, vier Enkel, sei doch froh. Alle wollen übrigens nur helfen.

Weiß ich ... Elfriede, weiß ich ja, sagte er weich.

Manchmal nannte er sie nur Friede. Und das kennzeichnete sehr genau, was sie ihm bedeutete.

Sei doch so nett, Friede, reib mir mal den Rücken ein! Ich war ein bisschen nervös gestern, Friede, du, ... weißt schon. Ohne dich, ... Friede ...

Sieh mal, Fritz ... die Sache da drüben ...

Brauchst nichts zu erklären, Friede ... ich weiß ja ...

Sie half ihm die Tasse anzusetzen und strich ihm übers Haar. Eine Strähne lag verklebt, einsam und fast erhaben, obenauf. Sie holte Haarwasser, frottierte es danach ins Haar ganz leicht ein. Mit der Gummibürste bekam sie alles glatt. Sein ganzes Leben hängt an einem Menschen, dachte sie. An mir. Und wo war dieses Leben geblieben?

Ehrlich währt am längsten ...

Kohnens Lippen bewegten sich stumm. Es wäre niemals zu spät. Aber wäre er dem Ganzen noch gewachsen?

Durch Fehler wird man klug ..., schob er innerlich nach.

War er klug geworden? Manches brauchte ein halbes oder sogar ein ganzes Leben. Manche Erfahrungen lagerten tief drinnen, kamen nie ans Licht, moderten und schrumpften weit unten im Dunkel. Blieben dem Bewusstsein als finstere Flecken erhalten, als heftig drückende Wetterzonen. Doch übermorgen würden die Kinder kommen! Freude. Immerhin.

Ich werde dann mal ... mit dem Jungen ... anstoßen, nuschelte er.

Alkohol, flüsterte sie zu sich selbst, du, ausgerechnet, auch das noch! Aber darüber würde sie jetzt noch kein lautes Wort verlieren.

4

Ich will an die Schranke, sagte Kohnen nach dem Frühstück zu seiner Frau.

Er war spröde. Sie saß am Tisch und nickte, was keineswegs schon Zustimmung bedeutete.

Fritz, das solltest du dir überlegen!

Es war 9:00 Uhr. Sonne streifte die Küchenuhr, als sei es schon für ewig. Brotkrumen weichten in der Spüle. Vom Garten zog ein Strang Kühle ins Haus. Alles war festgelegt.

Fritz Kohnen war klein und gedrungen. Diese Krankheit drückte ihn noch tiefer. Er nörgelte still vor sich hin. Seine Schultern waren ohne Zweifel schmaler geworden. Die Sätze monoton. Manchmal verstand Elfriede ihn nicht. Sie tat sich schwer, besonders, wenn er die spannungslosen Sätze mehrfach wiederholte. Und er wiederholte sie wieder und wieder, auch wenn sie sie längst begriffen oder sogar beantwortet hatte. An schlechten Tagen sagte er gar nichts.

Was ist das bloß für ein Kerl gewesen, dachte sie schnell und spürte ihr Herz in Aufruhr.

Das Haus stand, schmal und versetzt, in ein langes Gartengrundstück gebaut. Vorne schnitt die Nebenstraße den winzigen Vorgarten schräg an, hinten verjüngte sich die Fläche, bis sie auslief im Schotter, und einem verschobenen, langen Dreieck glich. Seitlich nagelten die Gleise vorüber. An der anderen Längsseite wuchs die Brandmauer des Nachbarn auf, die das einstöckige Haus um drei Etagen überragte. Kohnen war beseelt und gefangen zugleich von einer ewigen Zuneigung zu dem Häuschen und dem benachbarten glatten Metall der Gleise, die eine stoische Ruhe ausstrahlten, solange kein Zug nahte. Der schräge vordere Giebel war mit zartgrün gestrichenen Holzornamenten verziert, die zum hellen, ockerfarbenen Anstrich des Hauses wie steife Spitze kontrastierten. Man musste unwillkürlich an kleine, russische Häuschen denken, oder an sorgfältige Laubsägearbeiten. Wenn man dort nicht wohnte, wollte einem auch das Wort *idyllisch* einfallen. Gebückt konnte man den kleinen spitzen Dachboden nutzen, auf dem Koffer, Körbe, flache Kisten, einige alte Regale aus dem Bahnwärterhäuschen, Schuhkartons mit Familienerinnerungen und vergessene Obstkisten lagen, die man zum Feueranmachen benutzen konnte.

Ich will an die Schranke, Elfriede!

Er bewegte sich kaum, sah hinaus. Nach längerer Zeit hörten sogar seine Hände auf, Schaum zu schlagen.

Sie seufzte, legte ihm die Zeitung hin, in der er unbeteiligt und nervös zu lesen versuchte. Seine Hände begannen wieder zu flattern. Sie wollte ihn jetzt unbedingt ablenken. Das würde vor allem sie selbst entlasten. Denn mit dem Zeitunglesen konnte sich Fritz normalerweise stundenlang beschäftigen. Elfriede musste unbedingt verhindern, dass er sich stattdessen derart lange an diese unselige Schranke stellte. Denn dann käme auch sie nicht zur Ruhe. Das musste sie verhindern.

Guck mal auf der ersten Seite, sagte sie, diese Sache mit dem Eisenbahnunglück in Frankreich. So was aber auch!

Seine Hände griffen das Blatt fester, so gut sie konnten; sie knüllten es, hielten sich regelrecht daran fest. Seine Augen drangen in das Papier ein, fixierten wechselnde Punkte. Als er sich schließlich festgelesen hatte, schien er versteinert auf seinem Stuhl am Fenster. Er las dann sogar einige Sätze vor und entrüstete sich stockend. Manche wiederholte er einige Male. Satzfetzen kamen und gingen. Seine Erregung überlagerte die Monotonie der Worte. Elfriede kannte diese Wendung nach innen, wenn ein scheinbar undifferenzierter Ton unsichtbare Membranen berührte.

Noch war niemand da. Die Plane bedeckte notdürftig die Geräte. Aus dem Mini-Schreibwarenladen kamen Schüler und steckten gerade gekauftes Kleinmaterial ein. Der Inhaber dekorierte das winzige Schaufenster, wo auch Visitenkarten ausgestellt waren. So etwas hatte Kohnen nie besessen oder gebraucht. Weiter oben, in dem libanesischen Lebensmittelladen, der heimlich auch sonntags für Landsleute geöffnet war, würden jetzt Männer und Frauen für einen Festtagseinkauf anstehen. Diese Leute schliefen, aßen und arbeiteten. Ihre Gewürze roch man häuserweit. Manchmal erkaltete das Lammfett in grauen Lachen unter dem gewöhnlich rotierenden Spieß. Am unteren Ende der Straße gab es noch den Goldschmied, und ihm gegenüber ein kleines Geschäft für Keyboards, elektrische Gitarren und elektronische Klaviere.

Sie stellten den Transporter gegenüber ab. Entluden vier metallene Absperrblöcke und rotweiße Bänderrollen. Sie schienen es nicht eilig zu haben, aber sie handelten unaufhaltsam. Es waren die gleichen Männer wie gestern. Sie lachten laut, steckten sich erst einmal eine an. Dann frühstückten sie ausgiebig im Auto.

Kohnen zitterte heftig. Immer wieder sah er nach drüben. Ihr Gleichmut regte ihn maßlos auf. Wie sollte er wissen, was sie vorhatten? Das Unglück in Frankreich ließ ihn ebenfalls nicht los.

Menschliches Versagen ... menschliches Versagen ..., sagte er immer von neuem vor sich hin.

Könnte man damit nicht schließlich alles im Leben erklären?

Elfriede ... Friede, komm mal her, der Mann hier hat ... versagt, wir sind doch ... alle nur ... Menschen. Lies das!

Dem ... soll sogar ... der Prozess gemacht werden. Wie ... wie ... findest du das? Hat zwanzig Jahre seinen ... Dienst gemacht. Ein Fehler Friede ... einmal hat der Mann ... versagt. Und das ist ... ist ... nicht mal bewiesen.

Elfriede sagte nichts. Denn dieses Thema war ein endloses Feld. Aber sie wunderte sich gewaltig. Zum ersten Mal nämlich, nahm Fritz jemanden in diesem Beruf in Schutz. Das waren völlig neue Töne. Früher hätte er gnadenlose Strafen gefordert. Hätte genauestens erklärt, dass Fehler ausgeschlossen seien, wenn man sich peinlichst genau an die Vorschriften hielt. Sie schob es auf die Krankheit. Die Krankheit machte ihn sicher milder. Sie verabreichte ihm sein Mittel, erinnerte ihn daran, dass am Nachmittag noch seine Heilgymnastin käme. Er knurrte.

Die Männer begannen, den Schotter um den Schrankenwärterposten aufzulockern. Den hatte man ursprünglich aus dem Gleiskörper, in gleicher Höhe, zu einem Viereck von vier mal vier Metern ums Haus gezogen und festgestampft. Unter den Fenstern ging er direkt in den Gleiskörper über. Einer der Männer stützte sich lässig auf seine neue Schaufel. Der rechte Fuß ruhte heiter auf dem Stahl. Er lachte und schob den gelben Plastikhelm weiter nach hinten. Die Zähne schneeweiß unter dem tiefschwarzen Schnurrbart. Die anderen hackten lustlos im schwarzbraun gewordenen Schotter, sahen Zügen nach, die vorüberdonnerten, an ihren Hemden und Jacken rissen, und einen mächtigen, unbekannten Körper zu erschüttern schienen. Kohnen stierte maskenhaft geradeaus. Im spitzen Winkel seines Grundstücks wuchs eine Kruppe wilden Hafers. Wicken bewegten sich milde, und von der anderen Seite der Gleise gellte der Stechginster herüber. All das sah er nicht von seinem Fenster aus, aber er hatte dieses Bild ständig vor Augen. Der Sog der Schnellzüge schüttelte die Pflanzen.

Fritz Kohnen liebte seinen Bahnübergang. Im Hochsommer rochen die Gleise unnachahmlich nach Teer, Ruß und Staub. Eine flirrende Ferne arbeitete dann in ihm, und er wähnte sich weit weg in Prärien und Landstrichen, wo die Gleise endlos waren und vom Horizont aufgesaugt wurden. Bei jedem neuen Schlag der Spitzhacken zuckte er zusammen. Erlitt regelrechte Verletzungen und stellte sich vor, von der Bahn wäre vor Beginn dieser Arbeiten jemand zu ihm gekommen, um ihm die Maßnahmen zu erläutern. Aber offenbar hatte man ihn dort inzwischen längst vergessen. Der Vorstand wäre wie immer mit eigenen Pensionen und hohen Abfindungen beschäftigt. An die da unten dachte niemand von denen.

Elfriede rief zum Mittagessen. Draußen ging die Frau des Friseurs mit ihrem hoch angesetzten Hintern. Sie wippte sogar dann unterm offenen Kasack, wenn niemand in der Nähe war. Das alles ist jetzt auch endgültig vorbei, dachte Kohnen und machte sich auf den Weg zum Esstisch. Skeptisch blieb er stehen. Nie mehr, dachte er resigniert. Nie! Abwechselnd würde jetzt Elfriede ihm und sich selbst die

Löffel mit Erbsensuppe reichen. Nie mehr eine Frau. Großer Gott!

Am Nachmittag muss ich … zur Schranke, sagte Kohnen trotzig und klar, während er sich setzte.

Alles ging unendlich langsam. Er hörte die Schläge der Spitzhacken, konnte sich nicht auf sein Essen konzentrieren. Zweimal musste Elfriede den Teller nachwärmen.

Erst musst du schlafen, und dann hast du noch deine Gymnastik!

Nützt alles nichts, murrte er.

Wohl, sagte Elfriede. Kommt auf die Einstellung an. So krank bist du nun auch wieder nicht!

Sie wollte ihn motivieren, ihn herumreißen; manchmal hätte sie ihn am liebsten durchgewalkt, die Krankheit aus ihm herausgeschüttelt, wenn er so gleichgültig war. Aber dann fiel ihr ein, dass er ja an Schüttellähmung litt, und sie schämte sich, hätte sich am liebsten für all diese neuerlichen Gefühle bei ihm entschuldigt.

Ich muss zur Schranke, sagte er kategorisch, und ließ seinen Suppenlöffel einfach kippen. Das musst Du verstehen, so kann … es hier nicht weitergehen. Ich muss dahin, muss mal eingreifen.

Sie war entschlossen, nicht zu reagieren. Sie holte das Spültuch, wischte die Lache weg. Den halbvollen Teller nahm sie einfach mit und stellte ihm keinen Nachtisch hin. Sie wartete.

Was ist … mit Nachtisch?

Der ist für Morgen, sagte sie kurz.

Aha! Ich gehe an die Schranke, sagte Kohnen flau.

Tu, was du nicht lassen kannst, sagte Elfriede, und verdrückte einige Tränen am Ausguss.

5

Das Licht schob sich vom hinteren Fenster über den Küchentisch, versilberte die Linolplatte und ging in den Fenstern zur Straße verloren. Ein feuchter Rand blieb von Kohnens Teller. Die Wachstuchdecke lag gefaltet und klebrig im Spülstein. Er schlurfte hin und her. Kohnens massige Figur erschien im rechten Fenster. Seine rechte Hand schob zitternd die Gardine beiseite. Unversöhnlich blickte er zur Straße.

Die sind immer noch dran, murmelte er.

Elfriede Kohnen wischte den Tisch ab, säuberte die Decke gründlich, legte sie wieder auf, stellte die falsche Kristallvase mit den Nelken in die Mitte und sah sich im Zimmer um. Sie würde Fritz jetzt ins Bett bringen müssen. Das war ein schweigsames Ritual zwischen ihnen. Zur Notwendigkeit geworden, war es der ganze Rest der Zärtlichkeit des Anfangs. Sie hatten sich schon toll geliebt, diese ersten Jahre.

Ein Intercity fuhr vorüber. Es war der nach Hannover. Kohnen hörte sie kaum noch. Diese Erschütterungen waren wie Eigenheiten seines Körpers. Mittagszüge brächten keine Umwälzungen. Es würde im Gegenteil ruhiger werden. Ein paar lokale Nahschnellverkehrs- und Eilzüge würden mit bedächtigen, ländlichen Geschwindigkeiten, noch dazu verlangsamt durch den baldigen Stop im nahen Kleinstadtbahnhof, hinüberleiten in den Nachmittag; erst ab 15.00 Uhr würde es wieder unruhiger werden. Das Ticken der Küchenuhr verharrte in allen offenen Türen und schläferte Kohnen ein. Allmählich hörte sein Zittern auf. Er schien einzufrieren.

Elfriede erhob sich und ging zum Telefon. Während sie wählte, manövrierte eine Lok müde auf dem Seitengleis. Sie kannte die Nummer ihrer Tochter natürlich auswendig, zögerte aber jedes Mal bei der letzten Zahl. Von irgendwo gellten jetzt helle Töne während des Freizeichens und Elfriede dachte an früher, als die Ventile sich nah am Haus geöffnet hatten, um scharfen Dampf abzulassen. Absolut nichts war mehr wie früher.

Du, ich bin's, sagte sie. Ja, muss dich einfach mal hören. Ja, ja, eben! Vater ist furchtbar schwierig im Moment. Diese Krankheit ... macht uns ... ja, ich weiß. Ihr kommt doch am Sonntag? Ach so, gut. Nein, das Übliche. Nur will er dauernd hinüber zur Schranke. Die Ampel, ja. Er weiß noch nicht, dass die das ganze Häuschen wegmachen. Das gibt noch ein Drama. Nein ... das nicht, aber alles ... automatisch, ja. Als ob Vaters Arbeit weg wäre. Ja, so wird er das sehen! Ja, gut also! Bis Sonntag! Du sagst es den anderen, ja? Ja, zum Mittagessen. Ja, ich mache Putenschnitzel, Erbsen, Kartoffeln. Das essen die Kinder so gern! Und kein Wort von der Ampel, bitte!

Sie legte auf. Das Geräusch hallte nach. Immer glaubte sie, es könne ins Endgültige geraten und nie wiederkommen. Elfriede entsann sich ihrer Medizin, suchte nach den Einwegspritzen und stellte fest, dass sich ihre Alltagsabläufe minutiös glichen, dass nichts mehr passierte, als dass man sich gleichsam aufbewahrte für den Tod. Sie setzte sich die Spritze, tauschte im Vorübergehen noch das Wasser der Blumenvase aus. An den Stielen rann grüner Schleim. War sie vergesslich geworden?

Kohnen schnarchte, schien zu träumen, der Tremor kam nur noch sporadisch. Elfriede erinnerte sich an das erste Jahr, in dem Fritz als Hilfs-Schreiner noch im Auftrag der Reichsbahn gearbeitet hatte. An die feuchte Behausung, nahe dem großen Stellwerk und der Lok-Drehscheibe. Da hatte das vom Rhythmus der Bahn bestimmte Leben noch so ausgesehen, als könne es in jede beliebige Richtung gelenkt werden. Als sei nichts endgültig. Doch schon damals hatte die Bahn eine Art religiöse Muffigkeit verbreitet; das Leben war wie stillstehende Luft gewesen. Und darüber hatten nur schnelle, kräftige Bewegungen Fritz Kohnens hinweggetäuscht, in denen Aufbruch und schier unendliche Möglichkeiten zu gären schienen. Elfriede und er waren noch nicht verheiratet, sie kannten sich.

Langsam streckte sie sich neben ihm aus. In der Brust lagerte wieder diese Hand. Sie dachte nach. Aus der Öde des Sonntags bei ihren Eltern, die stets im Besitz aller Wahrheit gewesen zu sein schienen, hatte sie hinübergewechselt zu Fritz Kohnens Wahrheiten von dieser Welt. Und da war sie geblieben. Sie hatte nie bestimmte Ansprüche erhoben. Hatte nur gefühlt, dass hinter dem hohen Zaun des Lebens viel aufregendere Dinge hätten passieren können.

Kohnens linke Hand machte eine kreisende Bewegung im Schlaf. Elfriede schlief ein mit dem Gedanken an den siebzehnjährigen Fritz, den sie aus der Nachbarschaft kannte, der bald für ein halbes Jahr zum Arbeitsdienst eingezogen wurde. Das war im Jahr 1935 gewesen. Sein dichtes, rötliches Haar verschwand im Zugfenster. Ja, sie mochte ihn wohl. Mehr nicht. Es war interessant, dass er raus in die Welt fuhr. Sechs Monate lang war er dann auf Trischen, einer einsamen Insel in der Nordsee, beinahe verschwunden. Mit Zwanzig hatte er sie geheiratet.

Kohnen lag wie ein Stein. Nichts an ihm bewegte sich mehr. Das einzige Beben kam von wenigen Mittagszügen. Dann bewegten sich nur noch die Tränensäcke. Während Elfriede einschlief, überkam sie ein lauwarmes Netz aus Bildern, ein Abriss ihrer Ehe, das gnadenlos beschauliche Leben, das sie Fritz nicht vorwerfen wollte. Sie erinnerte sich an die Kindheit ihres gemeinsamen Lebens. Gegen 15:00 Uhr wurde Kohnen wach. Sie wurden gemeinsam wach. Der Intercity nach München zischte vorüber.

Ich muss an die Schranke, sagte er, während er sich mühsam aufrichtete. Das Zittern hatte schon wieder eingesetzt.

Du bist schlecht zu Fuß, ohne mich, sagte Elfriede. Sei vernünftig! Außerdem gibt's erst Kaffee, und um halb vier kommt die Gymnastin.

Ich muss aber, sagte er, was weißt denn du?

Fritz Kohnen, wer sich in Gefahr begibt, kommt darin um!

Wenn sie böse war, oder verärgert, sagte sie seinen vollen Namen. Zu diesem Mittel griff sie nicht oft. Aber er wusste dann wenigstens, dass er nicht noch weiter gehen durfte.

Elfriede lächelte ihn an, vieldeutig, mit ein wenig Wut, und sie frisierte resolut sein Haar.

Fritz Kohnen streichelte dann ihr andere Hand.

6

Wieder ein Kind umgebracht, sagte Elfriede über den Wohnzimmertisch hinweg. Sie kam erst nachmittags zum Zeitungslesen.

'Am späten gestrigen Vormittag wurde die seit acht Tagen vermisste vierjährige Stefanie K. erschlagen in der Siegmündung aufgefunden. Die Polizei ermittelt fieberhaft und ...'

Fritz Kohnen erhob sich mühsam. Er hustete beängstigend. Er warf etwas um.

Verdammt ...

Fritz, dein Kaffee ...!

Ach ja, sie vergaß es immer wieder! Wollte ihn teilhaben lassen oder herausfordern. Aber er ertrug solche Berichte nicht mehr. Speziell die über Kinder nicht. Eine Urkraft kam dann über ihn, aus einem unvermuteten Irgendwo. Den Tisch stieß er beinahe um, mit seinen aufgebrachten, immer noch starken Schenkeln.

Fritz, komm, dein Kaffee, der Kuchen. Sei jetzt vernünftig!

Aber er stapfte zur Tür, schloss auf, blieb da kurz unter dem gelblichen, gewellten, lichtdurchlässigen Plastikvordach, schlurfte weiter in den Garten, als kenne er das alles nicht. Seine Arme blieben merkwürdig steif am Körper; er ging bis ins spitze Eck, wo die Gleise beinahe mit der drei

Meter hohen Fortsetzung der langen, unverputzten Wände des Nachbargrundstücks zusammenliefen. Da lagen alte Schwellen, aus denen Kohnen vor Jahren eine Bank gemacht hatte und Schwellen davor, sternförmig in den Boden eingelassen, dazwischen heller, grober Kies. Rechts am Drahtzaun lagerten sie auch in Längsrichtung, ordentlich, bis zu einer Höhe von neunzig Zentimetern geschichtet. Dazwischen bildeten dunkle Keile einen langen, luftigen Innenzaun gegen die Gleise. Es roch nach Teer und Holzschutzmitteln.

Kohnen stand und starrte ins spitze Eck. Fahrpläne sangen in ihm, erzeugten feststehende Bilder. Was würde bloß aus all dem hier werden, wenn er nicht mehr wäre? Zum ersten Mal glaubte er, sich am Rand eines unergründlich tiefen Lochs zu befinden aus dem es atmete.

Elfriede blieb in der Hintertür stehen, den rechten Ellenbogen auf der Klinke, die linke Hand in der Hüfte. Bald würde sie Fritz wortlos abholen und an den Tisch zurückführen. Würde ihn um eine aufregende Geschichte von früher bitten, und sein Gesicht bekäme endlich Farbe, in all seiner Starrheit. Er würde von der Zeit erzählen, als er tagsüber die kleine, viereckige rote Fahne geschwenkt hatte und des nachts die Karbidlampe; die Messingglocke dabei geläutet, um Menschen und Wagen vor dem Übergang zu warnen. Als Elfriede ihm unverhofft heißen Kaffee gebracht hatte, in der Warmhaltekanne, Malzkaffee, später Bohnenkaffee, und ein paar Brote für zwischendurch.

Er regierte. Sie sorgte für ihn. In dieser Welt fühlte sich Kohnen angemessen verankert. Manchmal hatte er Elfriede in einem einfachen, geblümten Kattunkleid im Garten gesehen, über Rosen und Beete gebeugt. Zuweilen hatte er im Dienst an ihre Hüften, die Brust und den runden Po gedacht. Selten war er erregt gewesen. Nur einige Male hatten sie es zwischen zwei Zügen getan. Aber da waren sie ganz jung gewesen und es war selten genug vorgekommen.

Und nun erkannte er seine Kinder, im Spiel vertieft bei jedem Wetter. Bei heftigem Regen unter dem Dach des Schuppens. Wie hatte er den Vorhang aus Tropfen entlang der Rinne geliebt. Friede musste geahnt haben, dass sie lebenslang an eine Sache gefesselt bliebe, die Kohnen mittlerweile als eine Auszeichnung ansah. Gefesselt wie an einen Glauben oder an eine Sekte mit festem Wohnsitz. Gelegentlich ergriff ihn ein unbekannter Schauder.

Nie hatte Kohnen einen Verweis erhalten. Gute Worte zuweilen und vereinzelte Belobigungen. Sein Leben bei der Bahn war makellos. Nie hätte er jemanden auf dem Posten angezeigt, nur weil er etwas wusste. Etwa, dass sein Kollege einmal im Dienst eingeschlafen war, und dass er, Kohnen, mit Rasierschaum im Gesicht, hinausgelaufen war, weil die Schranke einfach nicht rechtzeitig runterging. Ja er war rechtschaffen! Fehler konnte jeder ihm bekannte Kollege einmal machen. Er war der verzeihende Vater. Er kannte die Züge auswendig. Sie wirkten auf ihn wie kleine Fieberschübe, die regelmäßig wiederkehrten, wie Wehen.

Als Vater achtete er auch selbstverständlich in seiner freien Zeit und in den Ferien darauf, dass am Posten alles in Ordnung ging. Sie waren nie fortgefahren. Er konnte gar nicht anders. Und doch gab es am Posten manchmal Fehler. Die Ersatzleute eben. Doch deren Fehler hatte er mit ihnen selbst abgemacht. Da war er dann ganz schön unerbittlich.

Wenn er jedoch in der Zeitung über Nachlässigkeiten und Schlampereien an anderen Posten las, über menschliches Versagen anderswo, so war er gnadenlos in seinem Urteil. Rastete förmlich aus. Zeigte eine Wut über seine unbekannten Kollegen, die von Elfriede ziemlich gefürchtet war. Am eigenen Posten hingegen praktizierte er bei aller Unerbittlichkeit doch eine gewisse Sanftheit, eine Nachsicht. Eigentlich hatte er sich stets gleichzeitig wie Mutter und Vater des Postens 49 gefühlt.

Jetzt sah er schräg hinüber den Bautrupp, der sogar am Samstag agierte, sah lange auf sein Bahnwärterhäuschen, und auf seinem Gesicht lag ein Ausdruck wie der von Eltern, die ihrem Kind nicht mehr helfen können. Hinter der offenen Schranke kam nun die Krankengymnastin näher. Kohnen begann zu schwitzen. Er liebte den weiten Kittel, in den er Geschichten träumen konnte.

Diese Sache mit dem Kaffee, und vor allem der Liebe zwischendurch, war natürlich verboten gewesen, aber waren das nicht seine einzigen Verfehlungen geblieben? Waren

sie nicht schrecklich jung gewesen, damals? Die Krankengymnastin lenkte ihn schließlich ab. Wieder und wieder
bedauerte Kohnen, dass das mit der Liebe und dem Leibe
wohl endgültig vorbei war. Sie trug unter ihrem Kittel nur
BH und Miederhöschen.

7

Große Wasserpfützen auf beiden Bürgersteigen. Schnüre
von Regen stießen da hinein, verursachten Aufruhr. Helle
Ringe entstanden beim Aufprall. Tropfen spritzten weg,
wie graues Blut. Der Gemüsehändler stand inmitten seiner Auslage, unter der verschossenen Markise, klein und
dunkel, runzelte ratlos seine Stirn.

Ich geh' zum Markt, sagte Elfriede. Hört bestimmt
gleich auf, der Regen.

Kohnen murrte unverständlich, obwohl ihm nichts Ungewöhnliches unterbreitet wurde. Und nicht sofort einverstanden zu sein, das gehörte ja zu seinen besonderen Eigenschaften. Man durfte es nicht überbewerten.

Du kannst ja mitkommen!

Aber sie sagte es so, als würde sie es eigentlich vorzie-
hen, allein zu gehen. Kohnen verstand es sofort. Und im
Grunde wollte er auch gar nicht.

Wir machen dann am Nachmittag einen Spaziergang!
Und Fritz, du bleibst bitte am Fenster, ja?

Sie zog den Finger zurück, den er nicht gesehen hatte. Wollte nicht, dass er hinfiele während ihrer Abwesenheit. Denn das war schon vorgekommen. Und lachend an der Tür rief sie jetzt noch:

Und wenn die Katze weg ist ... du weißt ja ... tanzt hier jedenfalls keine Maus! Hier, nimm deine Zeitung! Nicht, dass mir die Mäuse tanzen! Hörst du?

Die Samstagsausgabe war schwer. Die Stellenanzeigen warfen sie gewöhnlich fort. Kohnen sah Elfriede nach. Sie war Teil seines Lebens. Er versuchte zu lächeln. Wieso Markt, dachte er, wieso denn Samstag? Ich kann nicht mal mehr die Tage auseinander halten.

Der Regen setzte wieder ein und schien den Posten drüben dauerhaft zu bestätigen. Zwar schien es ihm, dass das Wasser alles nah heranholte, doch sah er seinen jungen Kollegen nur undeutlich hin- und hergehen. Diese schwere, asphaltfarbene Luft wollte Details gar nicht zulassen. Ebensowenig gravierende Veränderungen. Das beruhigte Fritz Kohnen, der ein paar undefinierbare Felle nun nicht mehr schwimmen sah. Vielleicht würde ja alles doch beim Alten bleiben.

Die letzten Abende hatte er, wenn die Dämmerung begann, schon geglaubt, dass der Tag damit endgültig bewältigt wäre, die unerwarteten Aktivitäten da draußen. Zufriedenheit war kurz über ihn gekommen, die unidentifizierbare Ängste beiseiteschob. Vielleicht kämen die Männer gar nicht wieder!

Manchmal, wenn er sich bedroht gefühlt hatte, hatte er sich gefragt: Ist die Vergangenheit überhaupt gewesen? Gern hätte er nachträglich etwas beeinflussen wollen. Nur noch die Träume habe ich, dachte er. Und nicht einmal die konnte er steuern.

Das Telefon läutete im Flur. Doch so schnell käme er gar nicht hoch. Vielleicht war es ja wichtig? Die wollten ihn wahrscheinlich informieren! Aber am Samstag? Die Zeitung fiel und zerfächerte in ihre fünf Sektionen. Kohnens Hände bissen sich am Stuhl fest. Er taugte zu gar nichts mehr. Eine kleine Panik griff um sich, in ihm. Das Telefon verstummte. Er blieb unschlüssig stehen. Auch der Regen hörte auf. Wasserwolken schwappten über die Giebel. Das Zimmer hellte auf. Diagonal spannte sich ein schmales Sonnenlaken durchs Zimmer. Kohnen nahm den Sportteil und setzte sich wieder.

Bahnreisen umsonst, dachte er. Steht mir eigentlich zu. Nichts kann man mehr machen! Früher konnte ich nicht, und jetzt ...

Kohnen sah seine Hände kreisen. Er dachte dabei an die Wagenreiniger, die in schnell kreisenden Bewegungen Züge schäumend bearbeiteten, die graue Brühe beiseite fegten und danach blinkende Waggons entließen. Das hatte er von Hand auch zeitweilig gemacht. Heute war ja fast alles automatisiert. Er dachte an Depots, die er nach der Pensionierung besucht hatte, die wie Wurmfortsätze der Strecken wirkten und all das beherbergten, was ihm

lieb gewesen war. In ihm kursierten Ströme und Schübe
wie Sonderzüge die keiner aufhielt, und die fortgesetzten
Erinnerungen, die sie aufnahmen, beschleunigten, kulmi-
nierten; Geräusche kamen hinzu aus seinem früheren Leben, dem Steinbruch ... und jetzt von der Straße lautes Hu-
pen ... den Presslufthammer stellte er sich vor ... das Telefon schrillte wieder, er kam nicht mehr zu Rande.

Elfriede, rief er, Friede, Friede ...

Ach, die ist ja zum ... Markt! Immer diese Einkauferei.

Er kam wieder nicht rechtzeitig bis zum Flur, ließ sich
halbwegs am Tisch nieder, erneut rasten Züge wie mit ge-
heimen Insignien gekennzeichnet, die man nur aus Laut-
stärke und Geschwindigkeit erahnen konnte. Er fand sich
keuchend am Tisch, in der Hand den Sportteil, wie ein fa-
des Stück Stoff.

Kohnen war sehr müde, deprimiert, litt an den Gleichgewichtsstörungen. Sein inneres Gehäuse wirkte wie eine
riesige Schalttafel, die immer weniger zugänglich war. Die
betuliche Wärme des Raumes konnte ihn nicht erheitern,
auch der Strahl der Sonne nicht, der nun fast gerade und
haltlos von vor der freien Fläche vorm Posten herüberkam.
Er litt, fühlte dumpf das Früher und spürte, da war etwas
Unförmiges, Fernes. Immer weniger konnte er sich auf etwas Bestimmtes konzentrieren. Er kämpfte daher formlos
gegen alles an, was ihm verschlossen blieb, wie in einer Art
unterirdischer Verteidigung. Kohnen kamen die Tränen.
Er dachte an all das, was er bewältigt hatte. Sein Denken

ging langsam, er kam gar nicht nach; es war, als schleppe er seinen Gedankenapparat mit wie ein äußeres Organ, das sich vorsätzlich schwer macht und wächst. Vor einer Antwort musste er jedes Mal zögern, denn die Sprache schien stets sensible Punkte in ihm zu berühren, Haltestellen gewissermaßen, an denen niemand stand. Er nickte, seufzte sehr tief, denn er wusste ja, dass wenn er nickte, er bereits vorher schon ständig genickt hatte, unbeeinflussbar, und dass dieses Nicken über eine Erkenntnis daher einfach verloren ging in allem anderen. Enttäuscht trat er den Rückweg zum Fenster an. Selbst dieses Fenster, als vergrößertes Auge, konnte ihm nicht mehr alles mitteilen.

Aus Kindern werden Leute, dachte er, und versuchte heiter zu sein, als er den Schlüssel hörte. Alle seine Kinder hatten ja einen Hausschlüssel und die Enkel würden hereinstürmen und das wäre trotz allem das wirkliche Leben. Aber es war Elfriede, die vom Markt zurückkam. Und heute war nicht Sonntag, sondern Samstag, und die Geschäfte hätten bis um 14:00 Uhr auf. Und bald darauf flammte ein Ton hoch in ihm, gleich drei Mal, ein langer, ferner Klang; die Schranke ging auf, dann wurden die weißen und roten Felder der Schrankenbäume nur noch schwarz und hellgrau. Merkwürdige Entfärbungen zerrten an ihm, Bilder umzingelten ihn und fade Flächen löschten alles wieder aus.

Da bin ich wieder, sagte Elfriede; sie sah die zerfledderte Zeitung in seiner Hand.

Sie nahm sie im Vorübergehen, ordnete sie mit resoluten Handgriffen, die sie verlangsamte, als sie Fritz' ungläubigen Blick sah. Sie durfte einfach nicht viel schneller sein als er. Das verkraftete er nicht.

Soll dich von Frau Schmallberg grüßen. Die kommt mal vorbei! Hat auch ein schweres Leben gehabt, seufzte sie, und stellte die Tüten ab. Ich mache dir einen Apfel. Sie wohnt jetzt schräg gegenüber, drüben, auf der Ecke hinter dem Bahndamm. War jahrelang weg, wie sie sagte. Ich schäle ihn dir, ja Fritz? Ohne Schale!

Er nickte etwas später. Die Bäume vom Ländchen, wie sein Vater den Streifen Garten außerhalb genannt hatte, wuchsen nun hoch in ihm, der wilde Hafer, die Wicken, Stechginster, Schlehengestrüpp, Hahnenfuß, Hyazinthen und Wachholder, farbig, farblos, die Jahreszeiten, fern und nah, und er roch nur noch grüne Äpfel von damals. Die Blumen roch er noch nicht. Diesen Apfelgeruch gab es einfach nicht mehr.

Friede, sagte er bedächtig, du verlässt mich doch nicht?

Sie starrte ihn einen Moment an, wie aus der faden Ohnmacht einer unverständlichen Sprache. Aber dann lachte sie.

Doch jetzt nicht mehr, sagte sie leise.

Ein Lächeln huschte mager über sein Gesicht und er erinnerte sich an das kurze Aufblitzen seines Hauses, früher, als er selbst noch die am Posten 49 vorbeiführende Strecke auf Schnellzügen gefahren war.

Jetzt saß er unbeweglich, vorgebeugt, Wasser in den Tränensäcken, den rechten Arm auf der durch Feuchtigkeit gewölbten Holzfensterbank. Kohnen empfand seinen Körper als schweren Gegner. Nachträglich noch erschien es ihm schmerzlich und ungerecht, dass dieser Platz, an dem er sein Leben verbrachte, das Haus, sein Fluchtpunkt, praktisch bei jeder Fahrt damals wie ein unerreichbarer Stern blitzschnell verloschen war.

Nein, sagte er, nein Friede, das würdest du nicht tun, und er spürte, dass sie ihm, am Ende seiner Krankheit, irgendwann verloren gehen würde, in ein unbekanntes All, das er dann schon längst nicht mehr wahrnähme.

8

Man soll den Tag nicht vor dem Abend loben, das weißt du doch, sagte Elfriede lehrhaft, stellte das Gemüse auf den Ablauf und räusperte sich. Vielleicht wird alles ja gar nicht so schlimm. Es fiel ihr schwer, gegen ihre Überzeugung zu sprechen. Komm, du kannst mir helfen! Lass doch diese verdammte Schranke!

Er hatte hinter der Gardine gelauert und auf den Posten gestarrt, wo sich heute am Samstag sicher nichts mehr tun würde. Sie zeigte auf Radieschen und anderes Grünzeug. Er würde zwar mehr durcheinander bringen als helfen, aber sie würde ihn loben und sagen:

Guck mal, ohne dich hätte ich es nicht so schnell geschafft!

Es war schon absurd. Wenn die Kinder endlich groß waren und ihren Mann standen, wurde der eigene Mann wieder zum Kind. Doch Fritz Kohnen freute sich, wenn er auch wusste, dass er seiner Frau eher im Wege stand. Seltsam genug, glaubte er dennoch das Lob zu verdienen, denn wie konnte man existieren ohne Anerkennung, und vielleicht schloss Elfriede ja auch frühere Leistungen stillschweigend mit ein. Sie wussten fast alles voneinander und wurden so auch mit dem Gegenteil dieses Wissens fertig. Das war gut eingerichtet, wie er fand.

Einmal, er war noch sehr jung gewesen, hatte Fritz Kohnen in einem Steinwerk gearbeitet, um im Akkord gut zu verdienen. Hatte sich geschunden, um die überhöhte Norm von 60 Steinen zu erfüllen, ja zu übertreffen. Eine Norm, die fast niemand erfüllen konnte, die er aber mit 62 Steinen sogar ein paar Mal noch übertraf. Skeptisch wurde er vom Aufseher beäugt, der nun das bewährte System in Frage gestellt sah. Für eine Weile sah er sich Kohnens Bemühungen an, um ihn dann nach drei Wochen fristlos zu entlassen, weil Fritz in einer Schicht drei Steine beschädigt abgeliefert hatte. Das aber kam in kleinen Mengen bei jedem immer wieder vor und wurde einkalkuliert.

Die Nichtanerkennung hatte er Jahre lang nicht überwinden können. Sein Selbstwertgefühl hatte danach flach und im Argen gelegen, von wo es nur sehr mühsam wieder hochgekommen war. Schließlich waren ja sogar Leute nicht entlassen worden, die nur fünfzig Steine geschafft hatten.

Glaubst du vielleicht, du könntest unsere Norm eigenmächtig unterlaufen, hatte der Aufseher ihn angebrüllt und ihn anschließend ausgezahlt. Die überzähligen Steine hatte er ihm abgezogen.

So, sagte Elfriede, das hat ja wieder prima geklappt!

Fritz Kohnen wurde regelrecht wach. Das war immer wie ein Auftauchen aus einem anderen Leben. Bin ich es noch selbst? Sind all diese Fetzen im Kopf aus meinem eigenen Leben? Waren sie Details eigener Handlungen? Hab ich das gelassen oder getan, hab ich es gelesen, oder hat es mir jemand erzählt? Elfriede sah ihn skeptisch an. Nach dem Kaffee würden sie ihren Spaziergang machen, die große Runde, am alten Friedhof vorbei. Das hatte er sich gewünscht. Denn da lagen ein paar Kollegen, eine Reihe seiner Schulkameraden und so traurig diese Besuche auch waren, er lebte noch, er hatte alle überlebt und das bestätigte ihm trotz allem seine überlegen starke Natur. Manchmal vergaß er die unterschiedlichen Geburtsdaten absichtlich, um besser abzuschneiden. So genau wollte er es auch wieder nicht wissen. Vielleicht aber funktionierte auch die Erinnerung nicht mehr präzise.

Jetzt saß er im Bett. Elfriede hatte bereits Wasser aufgesetzt. Kohnen versuchte krampfhaft, sich zu erinnern. Das war wie ein Überlebensspiel. Manchmal strengte er sich derart an, dass er vergaß, an was er sich gerade hatte erinnern wollen. Sich erinnern!

Neunundvierzig, neunundvierzig, sagte er laut und lakonisch, als wäre er zurück im Damals, als würde er gerade in die Muschel des schwarzen Telefons sprechen.

Er fühlte ganz deutlich, dass diese Zahl nach wie vor magische Kraft auf ihn abstrahlte.

Was sagst du da, Fritz? Ich höre nicht!

Ach nichts ... ooch ... werde gerade wach.

Sie kam zum Türrahmen des Schlafzimmers. Seine Stimme war ziemlich schwach. Sie nahm den kühlen Waschlappen, fuhr ihm durchs Gesicht. Nahm die Haarbürste und brachte seine Frisur in Ordnung. Er saß auf dem Bettrand, ein wenig zusammengesunken.

Ich komme gleich, sagte er, geh schon vor!

Im glänzenden Fußboden erkannte er nun die Tischplatte von damals wieder. Es war wie in einem Film noir. Die schwarzweiße, elektrische Wanduhr tauchte auf, mit dem Bahnhofszifferblatt. Er sah seinen Schreibblock, seine Hand, und dann, wie der Bleistift fast übermütig übers Papier flitzte. Und nun, Sekunden später, schlossen sich seine Fäuste um die Griffe der Kurbeln. Minuten danach donnerte der Zug über den Bahnkörper und er ging wieder hinein in sein Bahnwärterhäuschen.

Komm, sagte Elfriede, ich habe Gedeckten Apfel.

Sie hatte das Arzberg-Service mit dem frischen Blumendekor aus dem Schrank geholt, von dem sie nicht ahnte, dass ein Porzellankenner es überhaupt nicht wahrnehmen würde. Für sie war es einfach das allerbeste was sie kannte und ein Geschenk ihrer Tochter.

Gibt's was Besonderes, fragte Kohnen trocken.

Sie schnitt den Kuchen an.

Ist doch gut, dass wir uns nach all diesen Jahren noch haben und dass es nichts zwischen uns gegeben hat, das uns auseinander bringen konnte. Nicht wahr, Fritz?

Sie klopfte ihm auf die Hand und hatte weiche Augen.

Kohnen stutzte, der kleine Fleck Zuckerguss glänzte wild, als siedele Sonne auf einem Gleis. Er saß gekrümmt. Bilder zuckten, abgerissene Anfänge, eine Treppe im Irgendwo ... Wollte sie am Ende doch noch weg?

Nein, eh ... natürlich, sagte er.

Und dann schwieg er lang anhaltend.

Das Haus war klein, Wohnzimmer, geräumige Wohnküche, Schlafzimmer, das winzige Bad mit später eingebauter Dusche. Das Kinderzimmer, in dem Sachen abgestellt waren. Alle Türen standen jetzt offen, die Räume schienen sich zu vermischen, Elfriede glaubte dieses Terrain plötzlich überaus groß, obwohl alles zusammen knapp 60 qm ausmachte, auf denen sie einmal mit drei Kindern gelebt hatten. Diese Zeit war schwer genug gewesen. Das Lächeln ihrer Kinder hatte manchen Zag dann noch auf die Reihe gebracht,

Das Wohnzimmer wurde nur selten benutzt. Wenn etwa der Versicherungsvertreter kam, der Arzt, jemand von der Bahn, oder der Pfarrer vorbeischaute, dem Fritz am liebsten aus dem Wege ging. Er sprach für ihn unnatürlich, seine Worte hatten einen seichten, nach oben gewölbten Rand und er konnte sich nicht abgewöhnen, mit den Leuten wie mit Heranwachsenden zu sprechen. Die Kirche hatte stets Kohnens Würde unterdrückt.

Plötzlich brach Elfriede in Tränen aus, und Kohnen fühlte sich im Gelände verloren. Schuld umkreiste ihn, wollte heftig auf ihn nieder, er konnte nicht eingreifen, nicht helfen, etwas geschah in ihm, das war sicher, er konnte Elfriede nicht beistehen, beispringen, wie er früher gesagt hatte. Doch wobei? Er ließ sie allein. Wieder so ein Film. Sie stand gänzlich verlassen auf dem Gleis, und er drehte die Kurbel herunter. Der Zug käme, er könnte die verdammte Kurbel einfach nicht loslassen.

Fritz sackte in sich zusammen, sein Kopf schüttelte stark und dieses Schütteln vermischte sich mit dem ständigen Ja; ein seltsamer Kreis entstand mit dieser Kopfbewegung, eine Art Unwucht. Elfriede sprang auf, griff ihm unter die Arme, brachte ihn zu sich; so blieb sie stehen und weinte mit ihm eine Zeit. Am Ende aber wussten beide nicht genau, warum sie so erschüttert waren. Es war die Krankheit. Fritz' aussichtslose Lage, diese Schüttellähmung. Und ihre eigene Herzschwäche, die tückische Diabetes, wer weiß was noch!

So ... so weit sind wir, sind wir ... gekommen, Friede.

Über sich fühlte er es unablässig kreisen, mit Augen, Krallen und Säbeln.

Lass nur Fritz, lass gut sein!

Sie gingen schweigsam seine große Runde. Am alten Friedhof wollte Elfriede einfach weitergehen, Fritz jedoch drängte sie durchs große Tor. Sie kannte alle Stationen auswendig, ging mit ihm beinahe automatisch den Parcours. Sie wusste schon vorher genau, was er an den einzelnen Gräbern sagen würde. Diese kleinen, immer wiederholten Anekdoten, die Übertreibungen, die ihm zu jedem Namen einfielen. Manchmal sprach er geradezu heftig, als könne er sie auf diese Weise alle ins Leben zurückholen. Doch heute kamen seine Worte tonlos und mager. Sie wollten nicht zünden.

Guck mal, der Peter Heinen, sagte Fritz auf dem Rückweg, der ... liegt in der allerersten Reihe. Der hatte auch nie Glück im Leben, nie. Aber hier, hier ... liegt er ganz vorn.

Als sie den Friedhof verließen, schien Fritz Kohnen greisenhaft und ausgeliefert. Kurz vor der Schranke blieb er stehen. Dann ließ er sich auf ein Mäuerchen nieder. In seinen Augen stand bewegtes Wasser.

Fritz, sagte sie, Fritz, was ist?

Elfriede, sagte er, ich ... ich will unbedingt ... unbedingt auch in der ersten Reihe liegen. Ja, Friede ... neben Heinen, Friede ... das musst du mir ... musst du mir ... ganz fest ... versprechen!

51

9

Er schrieb klein und schwer leserlich. Und vielleicht war es ja nicht wichtig was er da schrieb, sondern nur, dass er überhaupt etwas aufschrieb aus seinem Leben, wodurch es ihm möglicherweise wichtiger erscheinen könnte, als es ihm zuletzt vorgekommen war. Elfriede schmunzelte als sie sah, dass sie mit ihrer Idee den Nagel auf den Kopf getroffen hatte. Er schien übereifrig, wanderte umher, setzte sich wieder, summte; es gab Augenblicke, in denen er die Krankheit zu überwinden schien.

In vierzig Jahren hatte er eineinhalb Millionen Güter-, D-Schnell- und Expresszüge passieren lassen und natürlich doppelt so oft die Kurbeln und zentnerschweren Schrankenbäume bedient. Damit war er für die Sicherheit vieler Millionen Menschen in Zügen und vor den Schranken verantwortlich gewesen.

Bei mir, schrieb er stolz, hat es nie eine Unregelmäßigkeit gegeben, geschweige denn ein Unglück. Dabei wäre das nicht einmal verwunderlich gewesen, berücksichtigte man, was sich dort in Spitzenzeiten, zwischen 17:00 und 19:00 Uhr abspielte. Immerhin raste durchschnittlich alle vier Minuten ein Zug mit Geschwindigkeiten bis zu 140 Kilometern in der Stunde über die Strecke.

Die Schranke konnte immer nur für wenige Minuten geöffnet werden. Dann aber stauten sich Autos, Fahrräder und Fußgänger vor der Ampel. Hätte er nicht die Übersicht und den klaren Kopf behalten, so hätte es sicher oft verheerende Unfälle gegeben, denn es gab mehr uneinsichtige Autofahrer und Passanten, als man vermuten würde. Sogar über herabgelassene Schrankenbäume waren Leute geklettert. Er hatte mit seiner mächtigen Stimme Order gegeben, im Bedarfsfall nicht mit Rüffeln gespart und in Sekunden den Übergang geräumt.

Ich war stämmig, stets gut gelaunt und habe Unzähligen die saftige Geldstrafe erspart, schrieb er. Menschlich muss man bleiben. Ja so war's! Mit einem ruhigen Lenz hatte meine Arbeit nichts zu tun. Nein, wirklich nicht!

Vielleicht hatte Elfriede nur instinktiv gehandelt, sicher aber war sie lebensklug, indem sie Kohnen klarmachte, dass sein Leben wichtig gewesen war, dass vielleicht, eines Tages, die Bahn sogar dankbar wäre für eine Chronik, wie es sie bisher so nicht gegeben hatte. Nach einer Stunde war er erschöpft, aber sein Gesicht war von innen erleuchtet und Elfriede meinte, sein Lidschlag habe sich nahezu verdoppelt.

Du musst ganz am Anfang beginnen, Fritz, du darfst nichts, aber auch gar nichts auslassen. Es muss alles ganz genau stimmen!

Sie beugte sich über ihn, erkannte nur mühsam die Worte, die klein und verzerrt waren und zuweilen merkwürdige Ausschläge zeigten.

Na bitte Fritz, sagte sie. Wenn das sich nicht lohnt! Und wer außer dir könnte das machen?

In der nächsten Woche würde ihre Tochter sagen: Mama, das war das Ei des Columbus, und Elfriede würde mehr als stolz nicken.

Von den Fahrdienstleitern am Güterbahnhof und am Reisebahnhof wurden die abfahrenden Züge über Telefon gemeldet, schrieb er. Ich notierte jeden von ihnen mit Kenn-Nummer und Uhrzeit, vergewisserte mich nochmals auf meinem Fahrplan und schloss dann drei Minuten vorher die Schranke. Während ich die elektrische Signalanlage überprüfte, klingelte die Vorweckanlage, die der mir benachbarte Streckenposten ausgelöst hatte. Ich meldete diesen Zug weiter, strich ihn von der Liste, und kontrollierte ihn auf Sicherheit. Denn auch das gehörte zu meinen Aufgaben. Ich hatte darauf zu achten, dass die Türen geschlossen waren, die Beleuchtung intakt, Ladungen nicht verrutscht und Achsen nicht heiß gelaufen waren. Meine Arbeit ließ mir einfach keine Zeit, an ganz andere Dinge zu denken.

Man hatte gesagt: Fritz Kohnen bewältigt die Fülle der Aufgaben mit der Präzision eines guten Uhrwerks. Darum habe ich mich jedenfalls immer bemüht, wenn es auch stetig schwerer und anstrengender wurde. Denn früher fuhren die Züge nur halb so schnell und da es auch weniger waren, konnten die Aufgaben leichter erfüllt werden. Doch dafür mussten Schrankenwärter auch zwölf Stunden am Tag, für 67 Pfennige in der Stunde, bei Regen und Schnee, vor dem Häuschen in der Kälte stehen, damit sie nicht einschliefen. Erst 1954 erhielten wir ein Dach über dem Kopf. Doch streng waren die Bestimmungen auch später noch. Kein Besuch, kein Radio. Ein einziger Stuhl. Doch zum Sitzen kam man nicht oft.

Fritz suchte das Küchensofa nahe dem Fenster auf, nachdem er das blaue Schulheft im Küchenschrank verstaut hatte. Da, direkt hinter Kaffee- und Teedosen, wäre es ziemlich sicher. Er schloss die Kredenz mit Entschiedenheit. Das Glas mit dem Sprung schepperte, und die weiße Gardine machte einen Schlenker.

Kurz darauf schlief er ein. Elfriede machte sich sofort ans Mittagessen, denn um Eins kämen ihre Kinder. Ein Sohn, eine Tochter, die Frau des Sohnes und die drei Enkel. Ihre Tochter war alleinerziehend und hatte das kleine Mädchen. Doch so war es viel besser. Ihr zweiter Sohn lebte mit seiner Familie bei München und sie sah ihn nur sehr selten. Manchmal meinte sie, er sei ein richtiger Bayer geworden und sie wusste nicht, ob das ein Vorteil oder ein Nachteil war. Sie werden zu acht sein und sie würde es genießen. Alle würden sich bemühen, möglichst wenig von Krankheiten, Schwierigkeiten und Beschwerden zu reden, ihrem Vater, Groß- und Schwiegervater, zwei, drei unbeschwerte Stunden zu bereiten. Geschickt käme der Sohn auf neue Loks oder Intercity-Züge zu sprechen, und seine

Tochter würde fragen: Wie war das eigentlich im Winter, damals, wenn alles vereist war? Das gehörte zu seinen Lieblingsthemen. Am Ende des Sonntags würde Fritz ermattet neben Elfriede in den Schlaf sinken und vorher noch den von ihr besorgten Garten loben, in dem ihm ganz besonders Geranien und Hyazinthen gefielen.

Fritz dachte noch kurz an seinen Bahnübergang, den er leidenschaftlich liebte, wo im Hochsommer die Gleise unnachahmlich nach Teer, Ruß und Staub rochen, wo eine Ferne vor ihm flimmerte, und wo er sich weit weg wähnen konnte. In rötlichen Prärien oder in anderen menschenscheuen Landstrichen, wo Gleise endlos waren und im schwärenden Horizont aufgesaugt wurden. Er drehte sich unruhig.

Bist du noch wach Fritz?

Kann nicht einschlafen.

Du musst, Fritz, es ist Zeit.

Geht aber nicht!

Woran denkst du?

An die Prärie!

An die Prärie?

Er bedauerte wieder einmal wortreich, in diesem winzigen Haus keinen großen, überdachten Balkon zu haben, von dem aus man, eingerahmt von Blumen, das gesamte Geschehen drüben auf dem Bahndamm hätte gut verfolgen können.

Was nicht ist, das ist nicht, sagte Elfriede.

Eben, sagte Kohnen. Eben!

10

Eine Woche lang geschah gar nichts. Dann, montagmorgens, Fritz hatte bis neun geschlafen, was ganz außerordentlich war, entdeckte er, dass die große, rote Ampel hell brannte. Ein riesiges rotes, brennendes Auge. Kein Grün, kein Gelb. Was hatte das zu bedeuten? Angestrengt stand er im gestreiften Flanellschlafanzug am Fenster und versuchte den jungen Kollegen im Bahnwärterhäuschen zu entdecken. Aber da war niemand zu entdecken. Da war kein Kollege. Sein Übergang war mit Verkehrsschildern und Bändern gesperrt. Sie hantierten mit Mühe an den Stahlseilen und Schranken herum. Die Fläche zwischen den Gleisen war aufgerissen, zwei Presslufthämmer tobten genau in der Mitte, und Staub wirbelte auf. Fritz Kohnen wurde es schlecht.

Fritz, komm, zieh dich erst einmal an, es ist ja schon bald halb zehn! Der Arzt kommt um Elf!

Kohnen machte eine scharfe, wegwerfende Handbewegung nach hinten. Der blauweißgrüne Streifen des Schlafanzuges zitterte.

Halt mal den Mund, Friede!

Sie hielt mit der Kanne inne, schaute entsetzt zum Fenster. Kaffee ging daneben, eine kleine Lache auf dem Wachstuch entstand. Auch die Untertasse war überschwemmt. Was hatte er gesagt? Das war ja nun doch ...

Man hörte ein penetrantes Signal. Alle Männer gingen vom Gleiskörper, um einen Bauzug und den Triebwagen durchzulassen. Und dann entdeckte Kohnen, dass der Posten 49 keine Fenster mehr hatte. Die Front, wo sonst Doppelfenster spiegelten, gähnte dunkel. Die schmalen Seitenfenster waren eingeschlagen. Dort saßen nur noch beschädigte Rahmen. Den ganzen Fritz Kohnen schüttelte es. Seine Hände griffen irgendwo ins Leere. Seine Mundwinkel glänzten.

Plötzlich war die Erinnerung an den Krieg da. Mehrere Male war aus alliierten Zügen auf ihn geschossen worden, und die Scheiben waren zu Bruch gegangen. Nirgendwo hatte es Glas gegeben, er hatte selbst welches aus einem zerbombten Haus organisieren müssen, in dem wunderbarerweise eine Wand mit intakten Badezimmerfenstern stehen geblieben war. Zu dieser Zeit hatte Fritz seine Arbeit noch im Freien zu verrichten, aber das Häuschen beherbergte wichtige Dinge, die geschützt werden mussten. Von der Bahn kümmerte sich niemand.

Er hatte diese Rahmen, abends im Dunkeln, von seinem Haus zum Posten geschleppt und das Glas aus dem knochentrockenen, grauen Kitt gelöst. Hatte es mit seinem Glasschneider zurechtgeschnitten und wieder eingesetzt. Da er keinen Kitt hatte, hatte er sich mit Resten Gips und Zement beholfen. Hatte sich später noch weitere Fenster besorgt um gewappnet zu sein. Und jetzt das! Man hatte ihm offensichtlich den Krieg erklärt. Kohnen glaubte, mit der Bahn im Krieg zu sein, es sei denn, man würde das alte Häuschen sanieren und als modernes Gebäude herrichten. Sollten sie es doch ruhig mit Elektronik vollpacken. Dem stand er offen gegenüber. Das konnte man nicht aufhalten. Ja, sie würden es nur modernisieren. Denn abreißen durften sie es nicht. Auf gar keinen Fall. Das würde er zu verhindern suchen.

Als Elfriede von der Toilette zurückkam, war Kohnen nicht mehr da. Sie erwischte ihn gerade noch auf halbem Weg zu seinem Posten. Diese zwanzig Meter war er einfach im Schlafanzug gegangen. Kohnen sah völlig verwirrt aus. Er schlurfte höchst widerwillig und brummend mit ihr zurück, schimpfte Unverständliches.

Ja, bist du denn von Sinnen, Fritz Kohnen, sagte sie ärgerlich und packte ihn fest unter dem rechten Oberarm. Das darf doch einfach nicht wahr sein!

Er war völlig aus dem Lot, seine linke Hand zeigte immer wieder sprachlos auf den Posten zurück.

Fritz, du ziehst dich jetzt an, dann frühstückst du und danach musst du an deinem Bericht weiterarbeiten! Das weißt du doch!

Er zuckte zusammen, starrte sie an. Aus seinen Mundwinkeln rann heller, dünnflüssiger Speichel und tropfte matt auf den Boden.

Was willst du hier, fragte er.

Was ich hier will?

Friede! Sie ... sie dürfen es nur ... renovieren ... geh, sag's ... ihnen doch!

Danach saß er eine geschlagene Stunde auf seinem Bett herum, rührte sich nicht mehr. Seine geschlossenen Finger konnten nicht mit dem Zählen aufhören. Er sprach kein Wort. Er antwortete nicht. Damals, als das Zittern begann, hatte er es nur für eine Spätfolge, eine Reaktion auf die besondere Beanspruchung seiner Hände und Arme gehalten. Und so wollte er auch jetzt keinesfalls etwas Größeres, Tiefgreifenderes in den Aktivitäten des Bautrupps erkennen. Denn das konnte ja einfach nicht sein! Als er nicht mehr ein und aus wusste, wich sein Kopf auf die Enkel aus, die am Wochenende dagewesen waren.

Ich bin zwei Mal gegen Röteln geimpft, Opa! Zwei Mal!

Ich hatte es schon vorher machen lassen, griff seine Tochter jetzt ein. Die Stadt hat es in der Schule noch einmal gemacht. Hat aber keinerlei Folgen.

Irren ist menschlich, sagte Kohnen und strich der Zwölfjährigen über den Kopf. Außerdem: Doppelt gemoppelt hält ja besser!

Sagt Mama auch. Opa, unser Lehrer hat gaaanz lange Haare.

Sein *Lange Haare, kurzer Verstand*, schluckte er lieber runter, sagte stattdessen: Vielleicht friert er, Lehrer sitzen ja viel, oder er hat kein Geld für den Friseur.

Wir können ja alle mal sammeln, hatte Elfriede laut gelacht und den Pflaumenkuchen ausgeteilt.

Und als die kleine Vera, die Tochter seines Sohnes, mit weiten Armen auf ihn zugestürmt war, hatte er sie auf die Knie gehievt und gerufen: Mein Gott, aus Kindern werden Leute! Ich, ich ... erkenn dich ja nicht wieder!

Aber bitte mit Sahne, hatte sein Sohn gerufen, auf den leuchtenden Kuchen gezeigt, und sie alle hatten herzhaft gelacht.

Trotz der heiteren Erinnerungen: Fritz Kohnen war und blieb untröstlich. Als er dann endlich zu frühstücken begann, war es schon später Vormittag. Elfriede legte entschlossen das Schulheft hin und drückte ihm den Bleistift in die Hand. Der Arzt war noch nicht gekommen.

Hier, jetzt wird weiter geschrieben! Sonst läuft dir noch alles davon!

Und er schrieb. Er schrieb so gut er konnte. Und dann konnte er gar nicht mehr aufhören. Aufhören war nie Kohnens Bier gewesen. In der Armut seiner Gebärden, in der er für den Rest seines Lebens gefangen bliebe, meinte er nun den Rahmen gänzlich auszuschöpfen, ein Gefühl, das ihn sein langes Berufsleben über begleitet hatte. Fritz Kohnen hatte nie aufgegeben. Hatte stets mehr getan, als er musste. War über den Rand seiner Kräfte gegangen. Bis auf die letzten zwei Jahre. Da hatte er einem lebendigen Toten geglichen, und niemand konnte die beiden Kohnens wieder in Einklang bringen. Den frühen und den späten. Fritz Kohnen war wieder wer. Er hatte eine Aufgabe, die niemand ihm abnehmen konnte. Dass es ausgerechnet das

Schreiben wäre, eine Chronik für die Bahn, das hätte er nie geglaubt. Schreiben war tatsächlich Arbeit. Es wurde für ihn zur schmerzhaft mobilisierenden Obsession.

Elfriede ging mit neuem, stolzem Lächeln durch ihre wenigen Räume, konnte es gar nicht mehr ablegen. Lief mit diesem Lächeln zum Einkauf und in die Sonntagsmesse. Es ging ihr wie Forschern, die endlich, nach langen Bemühungen, eine Entdeckung machen, die etwas Zerstörendes zumindest teilweise besiegt. Täglich las sie Fritz' Auslassungen und lobte ihn wohl dosiert. Oftmals hatte sie die kaum leserliche Schrift zu entziffern und nachzuschreiben. Dabei durchlebten beide ihre Anfänge portionsweise noch einmal. Elfriede animierte Fritz nichts wegzulassen, denn eine Chronik sei ja nur brauchbar, wenn nichts darin fehle.

Stolz berichtete sie dem Arzt, der sich fast ungläubig die Kladde nahm. Fassungslos sah er Elfriede an, und sagte dann leise und erstaunt:

Bravo! Frau Kohnen, Sie helfen mir gewaltig.

Sie lächelte tief befriedigt und strich Fritz anerkennend über das Gesicht. Für den Rest seines Lebens wollte sie mit dieser Beschäftigung für ihn ausgesorgt haben.

11

Fritz Kohnen sah sich wie wild aus der heiß brodelnden Waschküche das Freie suchen. Vor lauter Dampf glaubte er, nie wieder die Welt zu finden. Er war vielleicht fünf Jahre alt und hörte die Stimme seiner Mutter nur gedämpft hinter turbulenten und dichten Schwaden. Eine stumme Nachbarin hantierte mit ihr am riesigen Steinbottich. Aus der alten Tupfentasse gossen sie weißes Zeug nach. Lange würde es dauern, bis die Wäsche im Steinbecken geklärt, - immer wieder im kalten Wasser hin und hergezogen -, bis sie gespült wäre. Noch war das Becken voll. Jetzt würde die Wäsche kochen und die Hände würden vom heißen Wasser ins kalte wechseln müssen und so fort. Und die Hände seiner Mutter waren rissig. Wenn sie ihm übers Gesicht strichen, fuhr in der kurzen zärtlichen Bewegung auch der Schmerz mit, den sie gleichzeitig verursachten.

Bei anderen Leuten gab es ein bis zwei Mal im Monat den so genannten Waschtag. Bei Kohnens zwei Mal in der Woche. Die anderen Tage waren ausgefüllt mit Bügelorgien und Ausbesserungen. Der Geruch nach schmutziger und feuchtkalter Wäsche, nach frischer gebügelter und gesteifter, würde nie mehr aus Kohnens Seele verschwinden.

Vorsicht da, die Schmierseife! Vorsicht, das Soda! Vorsicht vor dem Ablaufrost, rutscht mir bloß nicht aus, Vorsicht …

Es war eine archaische, dunkle Welt der Nebeldampf-
schwaden, dieser kleinkarierten Gerüche, und wenn andere Kinder Waschtage als willkommene Abwechslung er-
warteten, als Tage der Anarchie, in der man nicht so streng
beaufsichtigt wurde wie an normalen Tagen, so fühlte
Kohnen sich eher eingesperrt. Schon früh glaubte er, auch
sein späteres Leben würde größtenteils im Nebel verlau-
fen, im Wasserdampf, in dem seine Mutter ja immer nur
teilweise vorhanden schien. Ein Fuß, Beine, eine Hand, ein
Ellenbogen. Der Kopf triefend, Augen und Nase. Die Mutter verhüllt,

Die Welt bliebe eine Teilwelt. Immer würden wichtige Be-
reiche fehlen, derer er nicht habhaft werden könnte. Wie
bei der gefledderten Tierhaut, der der Körper fehlte und
die er beim Schuster an der Wand gesehen hatte. Andererseits faszinierte ihn die Teil-Verborgenheit seiner Mutter,
die scheinbar Raum und Zeit aufhob. Ein viereckiger
Raum, in dem man sich kaum orientieren konnte. Ein
Raum, in dem Wolken auf die Erde herabgekommen waren. Drohend und schützend. Kohnen glaubte schon als
Kind, das Unerlaubte könne für immer darin verloren bleiben. Seine kleinen Sünden sahen aus wie große Tiere. Sicher verschwänden Teile davon in den schwärenden Gebilden, die sich wild mengten und alles mit sich rissen.

Abscheu und Liebe mischten sich willkürlich in weiß-
grauen Nebeln. Noch heute vermochte er beide Gefühle in
seinem Rückblick nicht zu trennen. Selten, ganz selten,

wenn der Vater ihn sonntags mitnahm zu den Depots hinter hohen Bahndämmen. Wenn er stolz nickend den Loks seine Hand auflegte und Kohnen hochhob, um ihn in ein Bremserhäuschen zu setzen, ahnte Fritz, die Welt seines Vaters müsse ein unerschöpflicher, grenzenloser, unbegreiflicher Raum sein, aus dem er regelmäßig und freiwillig zurückkam. Warum denn nur?

Oft hatte Kohnen sich auf sein kahles Eisenbett zurückgezogen, auf dem der einsame abgegriffene Teddy hockte. Die Felder seiner Steppdecke, mit zweifachen Stichen abgeteilt, altrosabeige geblümt, waren verlässliche Maße, sowie die längslaufenden, mühsam gescheuerten Dielen, in denen sich die äußere Welt hinter den Fenstern gedämpft abbildete.

Im Herbst waren die Wiesen feucht und grau nach langem Sommer und vertieften maßlose Gerüche. Unten die Waschlauge, oben Grünkohl, schrieb er mühsam. In der Küche Muckefuck. Im Hinterhof Hasen und schreiende Hühner ... Das Eisenbett, in dem ich mit meinem Bruder schlief, ächzte. Überm Stuhl hingen graue Pullover und Hosen, wie dort abgelegte Personen. Meine schwarzen Schnürstiefel schützten auch vor den Mausefallen. In der Schublade verwahrte ich buntes Stanniolpapier.

Jetzt ist es genug, Fritz, sagte Elfriede, und nahm Kohnen sanft den zitternden Stift aus der Hand. Aber du bist ja ein Dichter.

Er hatte schon eine ganze Zeit einfach so dagesessen, Wasser in den Augenwinkeln, nahezu eingefroren auf seinem Stuhl. Der grüne Stift vibrierte im Minimalrhythmus. Er war ganz ausgeschrieben.

Es ist ein Wunder, dass er das überhaupt kann, hatte der Arzt gesagt. Die meisten bringen es nur noch zu ihrer Unterschrift, und da muss manchem noch die Hand geführt werden. Ganz erstaunlich.

Er war gegen 11:30 Uhr gekommen und schnell wieder verschwunden. Kohnen gehörte zu seinen Dauerpatienten, die er bis zum absehbaren Tod betreuen würde. Er hatte bereits seit 8.00 Uhr seine Praxis betrieben und eilte nun von Hausbesuch zu Hausbesuch. Gegen Zwei käme er nach Hause und würde sich gegen Drei schon wieder auf den Weg machen. Elfriede bewunderte ihn, zumal er wegen Kriegsverletzungen einen Stock benutzen musste. Erst gegen 19:30 Uhr schlösse er seine Praxis und wäre um 20.00 Uhr zu Hause. Trotz seiner Eile hatte man nie das Gefühl, er habe keine Zeit.

Fritz räumte sorgfältig seine Schreibutensilien weg, verstaute sie hinter der Küchenschrankgardine und sorgte dafür, dass die Glastür des Oberschrankes gut verschlossen war. Nach dem Mittagessen und dem Mittagsschlaf würde Elfriede mit ihm das Geschriebene durchgehen und auf dem Leerblatt gegenüber die entsprechende Übersetzung aufschreiben. Das quälte ihn.

Ich kann's prima lesen, sagte sie, ich kenne dich ja, aber stell dir vor, jemand von der Bahn müsste das in die Maschine tippen ... Außerdem, es ist unser Leben, so verstehe ich es noch besser! Und was verstehen die schon?

Sie hörte nichts mehr.

Wo bist du, komm es gibt Gulasch, Kartoffeln und Salat!

Mit ... mit Speck fängt man Mäuse, rief er von der Tür.

Was gibt's denn da, sagte sie leise, du bist doch in Hausschuhen.

Das rote Auge blendete grell wie ein Blitz. Ampeln mit einem einzigen Licht. Begreife das, wer will! Kohnen zeigte wortlos auf den roten Kreis. Sein Gesicht grau und matt. Das Glas zeigte drohende Ringe.

Fritz, sagte Elfriede, unser Gulasch wartet. Und außerdem, was hast du nicht alles zu erzählen. Davon wissen die doch überhaupt nichts! Die Ampel da ist aus einer anderen Zeit, Fritz, das ist nicht mehr unsere Zeit. Lass sie doch einfach machen was sie wollen! Was ich nicht weiß, macht mich nicht heiß!

Das blaue Kleidchen von Sara ...

Was ist damit, sagte sie, und führte Fritz herein. Sie hat es extra wegen dir angezogen.

Ja, ja, aber ... es gefällt mir nicht!

Es gefällt dir nicht? Fritz, jetzt bist du aber albern, ich meine Karin hat es selbst genäht und das Kind wollte sich für den Opa besonders schön machen ...

Ist mir egal ... die Farbe ist zu alt ... für ein Kind.

Also jetzt komm, Fritz, es wird Zeit, dass du dich hinlegst! Du suchst ja richtig! Willst du ihnen das Kleid mies machen? So ein schönes Stahlblau.

Sie aßen stumm. Manchmal hörten sie Sirenen heulen. Die Züge wurden nur mit verminderter Geschwindigkeit durchgelassen. Der Sohn des Nachbarn ließ sein Motorrad aufheulen. Fritz Kohnen bekleckerte sich mehrere Male. Elfriede wischte geduldig Soßenflecke von Gesicht, Hemd und Wachstuch. Sonne nagte an der Küchenuhr. In den hellen Lichtbalken tanzten Staubteilchen.

In diesem Augenblick schien Elfriede das Leben schier unendlich zu sein. Immer würde es so weitergehen. Sie wären beide unsterblich. Niemals käme sie zur Ruhe, nie an ein Ziel und wenn es nur die ewige Ruhe wäre. Tränen schossen ihr in die Augen. Sie spürte ihr poröses Herz. Denn diesen letzten Gedanken konnte sie einfach nicht ertragen.

12

Der Bautrupp arbeitete ohne erkennbares System. An einem Morgen kam er um 7:30 Uhr, am nächsten erst um 8:30 Uhr, manchmal sogar um 10:00 Uhr. Diese Disziplinlosigkeit, die Kohnen interpretierte, verunsicherte ihn zusätzlich. Das war schließlich keine Arbeitsauffassung. Dann käme man besser gar nicht.

Der graue Belag zwischen den Schienen zeigte aufgerissene Krater, bizarre Asphaltfetzen, tiefe Wunden, in denen Sand und Erde lauerten. Wo weiter unten vor Jahren noch idyllisch Getreide gewogt hatte, standen nun bedrohliche, seelenlose Wohnblocks. Später war der Supermarkt aufgetaucht und Parkplätze hatten sich kriechend breitgemacht. Am Gartenende, wo der Gleiskörper sich in der Ferne verjüngte, erinnerte nur wildes, hohes Gras an frühere Zeiten.

Hier, dein Kaffee, sagte Elfriede.

Er saß gebeugt. Unter ihm wölbte sich die Holzfensterbank, als wolle sie endlich aufbrechen. Der tiefe Riss ging über die gesamte Länge. An den Rändern war die beige Farbe weggeplatzt. Er stierte. Seine Augen quollen. Die Tränensäcke waren tief zerfurcht und bebten. Kohnen spürte Elfriedes mühsamen Atem an seinem Hals.

Jetzt haben sie da drüben auch so ein Ding!

Was für ein Ding?

Na so eine ... große Ampel, genau wie hier!

Fritz, die müssen den Übergang doch schützen und die Leute warnen! Vielleicht wird das ja jetzt überall zusätzlich kommen ...

Ach was!!

Kohnen wollte aus dem Körper herausspringen, wollte zum Übergang, um dort mal richtig zu Wort zu kommen, klar Schiff zu machen. Sein Körper aber war sein Gegner, sogar wenn er still saß.

Dein Kaffee wird kalt, sagte Elfriede. Komm, nimm!

Sie hielt ihm die Tasse an den Mund, doch er nahm sie unwirsch und versuchte es allein.

Warte, ich hole das Tuch!

Fritz Kohnen versank in Lethargie, sah unklare Aquarelle. Der Stuhl mit den Armlehnen hielt ihn fest. Seine Finger erkannten die Knäufe an den Enden und klammerten sich an. Wenig später erstarrte er zu einem menschlichen Restbild. Er hatte seine Augen geschlossen, antwortete nicht mehr. Hörte die Geräusche der Straße, an denen er sich am liebsten zusätzlich festhalten wollte.

Er sah wieder das Gemäuer der Burgschule, das Ziegelaltrot der großen, fensterlosen, den Schulhof weit überragenden Wand, an deren Fuß, Kaltbrandziegel, der kleine Pauli ihn zusammengeschlagen hatte. Dieser kleine Pauli war riesengroß und hieß nur so, weil sein Bruder noch größer war. Fritz sah die grinsenden Gesichter der Mitschüler.

Niemand half ihm. Alle wollten es mit dem kleinen Pauli nicht verderben. Am Ende hing Kohnen mit den Fingern in den tiefen Mörtelfugen, aus denen es rieselte, die Knie im Schulhofstaub.

Ehe er sich gewaschen hatte, hatte die Stunde angefangen. Als er die Klasse betrat, ohrfeigte ihn der Lehrer ohne Vorwarnung, ohne eine Frage zu stellen, und der kleine Pauli grinste hämisch. Kohnen wusste nicht mehr, warum der sich an ihm vergriffen hatte. Vielleicht, weil er sehr klein gewesen war. Später hatte Fritz sich regelmäßig gerächt, wenn der kleine Pauli, allein im Auto, an der Schranke wartete und Kohnen die Pause zwischen zwei Zügen einfach überschlug. Niemand konnte das kontrollieren. Niemand hatte ihm hier irgendwelche Vorschriften zu machen. Und die Hände, die brauchte er sich bei dieser jahrelangen Rache auch nicht schmutzig zu machen. Er hatte das Sagen,

Noch immer spürte er die grauschwarzen Wetternarben der Wand wie seine eigenen. Skeptisch blickte er immer wieder auf die Brandmauer des Nachbarn, die das kleine Haus an der Bahnlinie weit überragte und deren unteren Teil Kohnen bis zur Höhe von drei Metern selbst verputzt hatte. Er fühlte das kreisende Putzbrett. Seine Hände flogen immer weiter hinauf, verputzten alle erreichbaren rohen Wände, sie zogen ihn hoch bis in die Firste, zogen ihn mit und sein Körper, die Beine, baumelten in großer Höhe, wo es einfach nicht mehr weiterging. Ein Ruck in Kohnen machte ihn wach und seine Finger begannen auf der Fensterbank lange zu trommeln.

Ich ... ich war eingeschlafen, sagte er, der Kaffee ... ist kalt geworden. Elfriede ... hast du noch Kaffee? Friiiede!?

Sie lag vor dem Bett. Ihre Augen waren offen, sie atmete. Die grüne Bettumrandung lag verzogen unter ihr und schuf ein schäbiges Bild. Elfriiiede!!

Er schrie es fast, er schaukelte ins Bad, eckte an, riss ungeduldig am Medizinschränkchen. Die kleine weiße Tür schlug heftig. Er griff nach dem braunen Fläschchen, hastete zur Küche. Wo war nun bloß der Würfelzucker? Er träufelte zehn Tropfen darauf, oder waren es mehr geworden, steckte ihn mühsam zwischen Elfriedes Lippen, wo er zerbröselte. Ihm brach der Schweiß aus.

Er blieb bei ihr am Boden sitzen, bis sie die Augen endlich aufschlug.

Was ist los?

Du musst ... wohl gefallen sein ... vom Bett vielleicht? Ohnmächtig!

Ich schlafe doch morgens nicht, ächzte sie und zog sich an der Tagesdecke hoch. Zu dumm aber auch!

Hast du noch Kaffee? Du brauchst jetzt auch Kaffee!

Ich trinke einen Piccolo!

So was ... haben wir nicht im Haus!

Dann hol ich eben einen!

Aber ... solltest du nicht den Arzt ... ?

Kleine Ohnmacht, ach was! Piccolo ist gut!

Kohnen klapperte in seinen Hausschuhen ins kleine Bad, wo er sich unter dem hohen, altmodischen Kran lange kaltes Wasser übers Gesicht laufen ließ. Auf der Fensterbank stand schon der neue Kaffee, als er zurückkam, dampfte gemächlich hinter Elfriede her, die ihn gerade abgestellt hatte. Er stierte auf den Bahndamm, wo sie gerade die Ziegel vom Dach des Postens nahmen. Der schwarze Schnäuzer warf sie achtlos auf die Zementfläche und scherzte mit einem Kollegen. Die Straße hatte plötzlich kein Geheimnis mehr. Der Asphalt war zerrüttet, Geschäfte kümmerten vor sich hin. Die Obstkisten waren feucht geworden, leuchteten gelblichrot. Kinder sprangen Seil, tranken aus Coladosen und einige machten obszöne Gesten, die man heute in jedem Film sah. Kohnen atmete tief durch, wollte den ganzen Menschen in sich zur Ordnung rufen, aber er war ausgelaugt und matt. Er fühlte sich, als ginge er gleichzeitig in verschiedene Richtungen. Nicht einmal seine Augen wollten sich koordinieren lassen.

Er sah den kleinen Dachstuhl des Postens, wie er nun hohl allen Anfechtungen ausgesetzt wäre. Der mit dem schwarzen Schnäuzer hieb mit der Schaufel gegen das Holz. Da kam einer aus Anatolien oder sonst woher und durfte Kohnens Posten lächelnd schlagen und beschädigen. Es war nicht zu fassen. Nein, sie würden den Dachstuhl nicht neu decken.

Meine Hände, dachte Kohnen, meine Hände können diesen unglaublichen Frevel nicht aufhalten. Sie gehören mir nicht mehr. Der liebe Gott oder der Teufel hat sie sich schon lange vorab geholt. Elfriede ist herzkrank. Und ich bin daran schuld. Mit mir ist nichts mehr los.

Nächstes Mal nur mit Wasser, rief Elfriede.

Was?

Na, das braune Fläschchen. Zucker war früher. Und den Piccolo lass ich auch weg.

Er hörte Pressluftbohrer und fühlte, dass es längst kein *früher* mehr gab. An der Schranke warteten Autos. Bäume bewegten sich heftig. Fritz ging um den Tisch herum. Steif gingen die Arme mit. Er war ein ganzer Kerl gewesen. Und jetzt? Er zitterte, er fror. Wie das Haus von den donnernden Zügen. Seine Muskeln zogen. Sein Haar fiel durchsichtig. Rotes, kaltes Licht fieberte von draußen herein. Man hatte ihn kaltgestellt.

13

Fritz Kohnen stand neben dem weißen Pfahl am Gartenende. Es war 7:00 Uhr und Elfriede schlief noch. Er hörte die Frühzüge und den Sohn des Nachbarn, der sein rotes Motorrad aus einem unsichtbaren Schuppen holte. Auf dem eingezäunten Abrissgrundstück jenseits der Bahnlinie wuchsen Brennnessel, Huflattich und Wegerich. Das flache Weinlager war verschwunden, die Kneipe, der Kiosk und die Baracke, in denen sie Fremde untergebracht hatten. Als Kohnen Kind gewesen war, hatte es hier ein gelbes, wogendes Kornfeld gegeben. Mittendrin hatten sie Wettpinkeln gemacht und Mädchen untersucht.

Vögel, die zu früh singen, holt die Katz ...

Er drehte sich um und sah Elfriede in der Tür stehen. Über dem fußlangen Nachthemd trug sie den flauschigen Hausmantel. Sie lachte. Wie hatte er früher dieses Lachen geliebt. Er brachte kein Wort heraus. Alles war ihm zu viel. Das Damals, das Jetzt, die Erinnerung und das ewige Leben mit Elfriede, auf die er angewiesen war. Fritz antwortete nicht. Er könnte es auf die Krankheit schieben. Er könnte alles auf diese Krankheit schieben, die wohl schon immer in ihm gewesen war. Trotzig sah er den Schienen nach, die sich in der Ferne vereinigten. Wonach sehnte er sich eigentlich?

Komm herein Fritz, es ist kühl, du bist noch im Schlafanzug, man kann dich von da drüben aus sehen.

Als wenn er nicht gewusst hätte, dass er im Schlafanzug war. Kohnen schob die Hände auf den Rücken, wanderte zwischen den Schwellen umher, ohne zu antworten. Das mit den Händen schien ihm fast wie eine neue Fähigkeit. Vom Zaun aus sah er seitlich auf die Ruine seines Postens zurück. Ihm wurde übel. Niemand, nicht einmal Elfriede konnte ihn verstehen. Sie kam langsam näher und stellte sich neben ihn. Sie griff nach den Händen hinter seinem Rücken und blieb stumm.

Sieh dir das an, hauchte Kohnen. Verdammt ...

Ja, Fritz.

Mit den Blumenkästen ... fing es an. Das war der Anfang vom ...

Sie nickte.

Mit der Natur ... Und ... guck mal. Die Natur rächt sich.

Du hast Recht!

Sie ließ die Hände langsam los, die dann einfach nach vorn fielen.

Bitte komm herein Fritz, es ist zu kühl. Dass du uns zusätzlich krank wirst, fehlt gerade noch. Es ist schon Ende September!

Er lächelte schief. Ein Speichelfaden schimmerte im rechten Mundwinkel. Sein Blick schien abgesperrt.

Mach ... mach keinen Elefanten aus einer Mücke.

Es klang hohl, als sei Kohnen am Ende einer langen Röhre, die außerhalb von Elfriedes Reichweite lag. Sie hatte Mitleid mit ihm, doch lachte er trotzig, was sie überhaupt nicht vertrug. Sein beigegrün gestreifter Flanellschlafanzug machte ihn zum Sträfling. Das Oberteil war unordentlich verzogen. Wieder einmal hatte er die Knöpfe nicht richtig zugemacht.

Ich mache ein schönes Frühstück, sagte sie.

Mach ... was du willst!

Fritz Kohnen, des Menschen Wille ist sein Himmelreich, aber wenn du jetzt krank wirst, bin ich nicht deine Pflegerin, sagte sie beleidigt und drehte ab. Dass du das nur weißt!

Starrheit und Umtriebigkeit hingen im Hof, folgten Kohnen oder liefen ihm voraus. Er fasste alles an, versuchte zurechtzurücken. Es gab nichts zu tun, doch hob er einzelne Blätter auf, verschob die braune Bank aus Bohlen, sah in den Himmel, als mache er das Wetter. Das Zittern seiner Hände verstärkte sich. Er stand jetzt wieder am Zaun. Die Finger sammelten, als gelte es Entglittenes zurückzuholen. Doch das vergangene Leben war uneinholbar. Der Posten 49 stierte ihn an, wie eine eingenommene Festung.

Kohnen schlurfte ungnädig zurück zum Haus und zog die Tür zu. Im Vorbeigehen rückte er den kleinen Mülleimer zurecht, ließ die Blätter hineinfallen. Er tat es so demonstrativ, als liefe ohne ihn gar nichts. Es duftete nach aufgebackenen Brötchen.

Du hast gestern kaum geschrieben!

Na und ...?

Fritz, setze dich erst mal hin, Fritz, hör mir mal zu, nur du kannst eine Chronik schreiben. Niemand sonst kann das! Wer hätte denn so viel zu erzählen? Sieh mal ...

Die wollen doch von mir nichts mehr!

Was sie nicht kennen, können sie auch nicht wollen. Wenn du ihnen nichts zeigst ...

Guck mal da, die Frau des Friseurs ...

Nun lass die doch mal laufen! Fritz, was sie nicht kennen, werden sie nicht schätzen. Wenn du ihnen nichts aufschreibst, kannst du ihnen nichts zeigen. So einfach ist das. Wie weit bist du denn nun gekommen?

Bin da noch bei meinem Vater, die Schichten draußen, von 6:00 Uhr bis 18:00 Uhr, oder 18:00 Uhr bis 6:00 Uhr.

Wann ... wann war das denn mit den Dreierschichten?

Ich hab das ...

Dann kommt ja bald das Jahr 1936, wo du bei der Bahn angefangen hast, nimm noch ein Brötchen, Fritz ...

Sie stand entschlossen auf, holte Heft und Stift behutsam aus dem Oberschrank.

Ein schönes Heft, Fritz, und du machst das so gut. Ich habe ja fast alles vergessen. Wie war das noch ...

Sie strich liebevoll über den Umschlag mit grünen Linien auf dem Etikett. Ein echtes Schulheft. Eine Kladde. Es schellte.

Wasser ablesen, ach ja! Ist das schon wieder soweit? Sie wissen ja, wo es ist, warten Sie, danke, oh schon fertig! Ja, bis nächstes Mal!

Er saß gebeugt über dem Heft und schrieb. Sie atmete auf. Er hatte sein Frühstücksset weggeräumt und den Tisch abgewischt. Es dauerte lange. Er sah und hörte sie nicht. Elfriede griff sich ans Herz und lächelte dabei. Was machte es denn schon, dass er im Schlafanzug am Tisch saß? Ganz unmerklich legte sie ihm einen Pullover um die Schultern. Sie hörte ihn schwer atmen. Er roch nach Schweiß, seine Hände kämpften mit dem Stift.

Fritz, ich bin stolz auf dich, sagte Elfriede leise.

Sie wollte gar nicht, dass er es hörte.

Wem Gott ein Amt gibt, dem gibt er auch Verstand, sagte Fritz Kohnen würdig und ebenso leise, und in das Grau seines Gesichtes trat ein vages Lächeln.

Sie nahm ihre Tropfen, legte sich aufs Bett. Sie wäre höchst erschrocken gewesen wenn sie geahnt hätte, dass sie tief einschlafen und erst um 14:00 Uhr wieder verwirrt erwachen würde.

Über den Wiesen flimmert Sonne. Die Bauern sind im Heu. Im Stroh. Forken greifen unter die Haufen, wenden sie, richten sie neu ein. Ein junger Mann bleibt nach der Arbeit im Feld sitzen. Er hilft aus. Studiert in einer fernen Großstadt. Sie ist achtzehn und sitzt am Rand des Feldes. Wieso hat sie Zeit? Wieso kann sie jetzt hier sein? Der junge Mann schlägt ein Buch auf und wischt sich den Schweiß ab, als sei es ein Gedanke. Er ist mittelblond und schlank. Sein Haar fällt gelockt in die Stirn. Warmer Wind geht, Heusamen regnen auf beide Gesichter. Am Horizont segeln zwei Pferde mit Pflug.

Sie sieht ihn an. Er sieht sie an. Sie lächeln gleichzeitig. Dann winkt er sie zu sich. Und sie geht einfach hin. Setzt sich neben ihn, lehnt sich wie er an den Heuhaufen. Es ist alles ganz einfach. Und jetzt ist ringsum die Welt mit Heu verstellt, Strohballen werden getürmt, sie hört nur den warmen Wind in den Seiten des Buches, das er abgelegt hat. Sie sehen sich an, sagen gar nichts. Sie lächeln, und das Nichtlächeln zwischen zwei Lächeln ist wie heiterer Schatten. Als ob die Wolken über der Landschaft die ziehenden Flecken ihrer Sorgen heiter ablüden.

Der Wind wird intensiver. Feldstaub liegt auf den Gesichtern, gleichsam eine historische Patina. Sie sinkt. Sonnenpunkte schäumen in ihrem Kopf, Schwindel, der unablässig lächelt, erfasst sie, Gerüche seines braunen Halses, seiner Arme, der Achselhöhlen wandern durch alle Adern, sein weißes Unterhemd, mit dem Anflug von Staub, blinkt über ihr, sie kann diesen Honig nicht lassen, nie zuvor wusste sie was das war, Rausch, Vergessen, Fest der Seele. Nicht mehr unterscheiden können, wo oben und unten, Nord und Süd, Ost oder West, Horizont oder Mittendrin, sein könnte. Nie hat sie ein Männergesicht so nah gesehen, wird nie wieder etwas erleben, wie dieses erste richtige Mal, ohne Grenzen und Schmerz, als habe der Körper, die Seele nur Eingänge, nur sich nacheinander und gleichzeitig immer wieder öffnende Türen gehabt, in die das ganze

Licht will. Die Forke liegt beim nächsten Haufen, wie ein hartes früheres Leben.

Die Flut der Dämmerung erreicht die unteren Ränder der gemähten Wiese, kriecht näher, umhüllt die Farben mit ihrem weichen Graphit. Sie stehen auf. Heu und Stroh sind überall, im Haar, im Gesicht, auf dem geknitterten Rock, wie Schmuck für ein hohes Fest. Nur der Duft der Haut wird nicht grau werden. In den von der Dunkelheit übermalten Farben wirken beide wie eine einzige Person. Sie trennen sich, sehen sich davongehen, morgen wird er in die ferne Stadt zurückfahren, wo er studiert; trennen sich, als würden sie sich bald wiedersehen und in der Dunkelheit, bei den ersten Häusern und Schobern, werden sie allmählich zum immerwährenden Schatten.

Über die Leiter gelangt sie in ihr gekalktes Zimmer, in dem der warme Spätsommer nistet, unter ihr die Heuwender und Handrechen an der Wand. Er nistet da mit winzigen Lauten und einer unendlichen Pracht. Sie sieht in den Spiegel, dem ein Drittel Glas fehlt, kann die glühende, schwerelose Last nicht ohne Tränen ertragen, die winzige Flüsse mit staubigen Rändern in den Flaum der Haut zeichnen. Eine geheimnisvolle Karte entsteht tief drinnen, die immer in ihrem Gedächtnis bleiben wird.

Sie löscht die einsam baumelnde Glühlampe unter niedrigem Balken, kühlt ihren Körper, der unten wie eine schöne Wunde ist, mit Wasser aus dem Kran. Sie legt eine Hand auf diese wie es scheint pulsierende Wunde und hofft, dass sie niemals heilt. Den Duft des jungen Mannes aus der Stadt, Schweiß, Heu und Stroh, inmitten der Ernte und unter diesem Himmel, wird sie nie vergessen.

Früh morgens klingelt der Wecker gnadenlos. Elfriede schreckt hoch, zieht sich kurz zurück in den Körper vom Vortag. Es ist ein ganz anderes Zimmer, in dem sie nun erwacht, unter den Augen ihrer Mutter und angesichts einer unausweichlichen Alltäglichkeit. Sie bricht aus, aus diesem Doppeltraum, wird wieder Elfriede Kohnen, die ganz unerklärlich, mitten in der Woche, über Mittag einschlief und ihren Mann vergaß, mit dem sie niemals, trotz so vieler Versuche, den Rausch des nie verratenen Anfangs wiederholen konnte.

Sie betrat zurückhaltend die offen stehende Wohnküche, in der das Nachmittagslicht ohne besondere Aufgaben herumstreunte. Schuldig wollte sie sich nicht fühlen. Ihr Mann war über Heft und Stift eingeschlafen. Seine Kopfhaut schimmerte fahl. Auf den offenen Seiten des blauen Heftes waren Tropfen von Speichel getrocknet, der kalte Schweiß einer unendlichen Mühe.

14

Die Buchten in Fritz' Schultern schienen Elfriede an diesem neuen Morgen viel tiefer als sonst. Seine Hosenträger saßen wie eingewachsen und wollten ihn niederhalten. Der Ja-Tremor könnte von niemandem geleugnet werden. Sie schaltete seufzend den Herd auf die rote Eins und stellte den Kaffee ab.

... wurde der kleine Tobias gestern Abend in der Nähe seines Elternhauses ermordet aufgefunden. Die Polizei schließt, entgegen ersten Annahmen, ein Sexualverbrechen aus. Wir berichteten ...

Mach das sofort aus!, rief Kohnen erregt. Ich, ich ... kann ... kann es nicht ...

Ist ja gut Fritz, sagte Elfriede. Man kann doch eine solche Nachricht nicht voraussehen. Ach, übrigens, du hast gestern so fleißig geschrieben. Ich bin ganz baff. Und mächtig stolz bin ich auch auf dich. Das kann ja wirklich nicht jeder, selbst wenn er ...

Sie schluckte den Rest herunter und legte ihm einen frisch gerösteten Toast hin. Die Worte *gesund* und *krank* wollte sie doch zukünftig unbedingt vermieden haben.

Ich habe alles gelesen, bis dahin wo dein Vater sagt: Wir Eisenbahner sind gerade Menschen. Zu seiner Arbeit muss man sich bedingungslos bekennen!

Hm, brummte Kohnen, ja das hat er immer gesagt. Ich bin noch beim offenen Posten. Noch gar nicht bei dem

Häuschen. Das haben die doch erst 1954 ausgebaut. Auf dem alten ... Fundament des Holzschuppens. Der hatte ja auch schon Fenster.

Siehst du Fritz, und wer von denen wüsste das alles noch so genau? Alle, die da heute sind, haben ja keine Ahnung! Die denken nur an ihre Pension und ihren BMW.

Er nickte heftig und aß den dritten Toast.

Undank ist der Welten Lohn ..., brummte er beifällig und schlürfte den Kaffee genüsslich.

Aber wer zuletzt lacht ... Fritz! Du wirst es ihnen schon noch zeigen! Sie werden dich einladen, ehren, und dir das Gedruckte überreichen. Das gibt eine Feier. Da bin ich ganz sicher. Sprich bloß mit keinem drüber! Erst muss alles richtig fertig sein.

Die Warn-Sirene von der Strecke riss urplötzlich einen tiefen Graben mitten durchs Zimmer. Fritz fühlte ihn geradewegs durch seinen Körper gehen. Er zuckte wie unter einem Stromschlag. Das Brötchen fiel herunter und hinterließ einen Klacks Marmelade auf der Tischdecke. Er aß heute, als müsse er gewinnen.

Ist nicht schlimm, sagte Elfriede und nahm das Tuch.

Wieder ertönte das scharfe, hohe, plärrende Signal, das in seiner Penetranz kaum zu übertreffen war.

Mir wird schlecht, sagte Kohnen und legte den Brötchenrest ab.

Er stand umständlich auf, moserte matt auf einem Punkt herum, als könne er keine Richtung mehr finden, schlurfte endlich zum Bad. Elfriede folgte ihm, griff nach dem Handtuch. Er wurde weniger. Das war klar.

Wir hätten hier wegziehen sollen, sagte sie. Die Kinder hatten schon recht. Hier nimm das!

Er beugte sich über das Becken, fingerte wütend nach der Wand.

Mir ... ist schwindelig ... Friede ... und wohin, wohin hätten wir denn sollen? Wohnen praktisch umsonst.

Fritz!

Da kommt nichts, sagte er, deutete auf seinen Magen und Hals und wischte sich mit zitternden Fingern den Mund ab.

Fritz Kohnen kam wieder hoch, steuerte geradewegs auf die Haustür zu, legte den Schal um, nahm die Mütze. Sein Gesicht zeigte unfassbaren Schmerz; die rote Jacke baumelte, bis er die Ärmel endlich gefunden hatte. Seine Augen schwammen, fixierten graues Nichts. Und nirgendwo schien er hinzuzugehören, das bräunliche Glas der Tür machte aus ihm eine verlorene Person, ein uraltes Foto eines längst Verstorbenen. Einen langen Moment stand er erstarrt. Da war kein Gedanke mehr.

Aber nur bis zum Schlagbaum, Fritz, sagte Elfriede leise und zog seine Kleidung zurecht. Nicht auf die andere Seite!

Sie wusste, sie konnte ihn heute nicht aufhalten. Er würde an den hohen Drahtzaun gelehnt stehen und nach einer gewissen Zeit beinahe bewegungslos werden. Sie trauerte regelrecht, wenn sie ihn dort wie eine starre Ruine stehen sah und darüber, dass die Menschen, die sie beide kannten, ihre erbarmungslosen Bemerkungen machen würden. Noch schienen seine Hände etwas einzusammeln. Kohnen erinnerte an einen großen, nutzlosen, verkleideten Hasen.

Elfriede spülte das Frühstücksgeschirr, verdrückte einige Tränen. Fritz würde nach einer halben, höchstens aber nach einer Stunde, zurückkommen. Länger hielt er es allein nicht aus. Ein paar Nachbarn würden nicken, dies und das im Vorbeigehen sagen. Manche würden anerkennend auf seine Schultern klopfen oder ihre Hände drauflegen. Einige würden kräftig lügen, bezüglich seines Aussehens und der Vergangenheit. Doch manche würden Fritz auch einfach nicht wahrnehmen, während er auf dieses Gerippe des Dachstuhls starrte, das da noch immer wie ein überfallenes Wesen bloßlag. Skelett ohne Haut und Fleisch.

Er käme bald wieder. Er würde schreiben. Würde Verletzungen und Demütigungen vergessen und sich an sein wichtiges, aufgabenreiches Leben erinnern. Der einzige Auftrieb, das sie ihm verschaffen konnte. Zufrieden blickte Elfriede auf das schöne, blaue Heft, das freundlich geöffnet auf ihn wartete.

Es war eine grobe Nacht gewesen. Er war Streckenläufer in der Eifel gewesen, hatte nur ein paar Stunden in diesem Bahnschuppen geschlafen. Ein grässliches Gewitter war niedergegangen. Meere schwarzer, turbulenter Wolken hatten sich bewegt und Wasser ohne Ende hinterlassen. Die Eifelhöhen drohten am Morgen blauschwarzgrün und einsam. Die Welt der Menschen kam nur blass und mager aus dem dichten Nebel zum Vorschein. Vereinzelt leuchtete verängstigt ein fernes Gehöft. Tiere schreckten auf. Äste lagen im Weg.

Den Abend zuvor hatte Fritz Kohnen bei dem beharrlich schweigenden Mann auf dem abgelegenen Eifelposten gesessen und bald das gesprächigere Heu aufgesucht. Am Morgen traf er auf die Ablösung, die seit 12:00 Uhr in der Nacht, einsam schwimmend, in ihrem Aquarium ausgeharrt und die Nacht ausgelotet hatte. Der Mann war jung und heiter und Kohnen begann den Tag optimistisch.

Schon um 20:00 Uhr abends war es dunkel gewesen. Der Schweigsame kaute und trank, stierte in die Nacht, ließ gelegentlich sein Seufzen hören. Wind und Regen schlugen an die fast blinden Scheiben. Drei Züge rissen drohende Wasserwände auf und sackten zurück in die Dunkelheit. Ihre Augen schwammen gelblich verzerrt. Fast gespenstisch umtanzte das Wetter später den Schuppen, der Wind pfiff auf einem unsichtbaren Holzkamm. Fahle Gesichter, Laute, Blitzgemälde drangen durch die Bohlen, machten aus Heuballen riesige aufgeplusterte Gebäude.

Kohnen lag, dachte nach und fühlte sich ausgeliefert. Nichts schien ihn je von hier zurückbringen zu können, in ein normales Eisenbahnerleben. Er lag unter den Elementen und der Schlaf war eine ferne Sache. Dennoch glaubte er gerade hier Anfechtungen entgehen zu können, die aber keine Gestalt besaßen. Merkwürdigerweise dachte er kaum an Elfriede und das Kind. Er war fünfundzwanzig Jahre alt und fühlte sich in dieser Nacht wie fünfzig. Einen winzigen Augenblick packte ihn die Faszination der Vorstellung, einfach verschwinden zu können und nie mehr aufzutauchen.

Schwellen glänzten, zogen ihn fort. Er hatte Werkzeug in der Hand, schlug in Abständen gegen die Gleise. Und er räumte Äste weg, zerfetzte Bäume, fand totes Geflügel, das er beim nächsten Bauern ablieferte. Einen schon stark verwesten Wildkadaver stieß er mit zwei Stöcken die steil abfallende Böschung hinab, bis er ihn endlich tief unten, in unsichtbaren Regenlachen, aufklatschen hörte. Dann kam endlose Zeit nichts, bis er urplötzlich eine Frauenleiche fand und die Polizei verständigen musste. Sie war übel zugerichtet, und so sehr er auch suchte, er fand ihre Beine nicht. Bis zu den Knien waren sie abgerissen worden, und die geschwollenen violetten Stümpfe glänzten von dunklem Blut. Kohnen zog sie von der Strecke weg und musste losheulen. Die Frau war noch jung und trug eine Schürze. Ihr Gesicht hatte schlimme Schrammen, war aber sonst gut erkennbar.

Er saß beim Bauern und wartete, bis der Sohn per Fahrrad den Polizeiposten verständigt hatte. Sie kamen zu zweit mit ihrem Fahrrad und schwiegen. Der eine schien die Frau flüchtig zu kennen. Seine Hand konnte kaum schreiben. Kohnen aß die dicke Suppe gern und nahm gierig einen Schnaps. Bevor er ging, nahm er noch einen, und der Bauer steckte ihm eine kleine Flasche Klaren zu. Lange glaubte Kohnen seinen Gleichgewichtssinn nicht wiederfinden zu können. Sie bedeckten die Frau mit einer Plane vom Hof. Die Dinge nähmen ihren Lauf. Der Arzt, die Polizei der Kreisverwaltung, die Familie ...

Morgen würde er diese Strecke zurückgehen. Würde weitere Angaben machen müssen, das Protokoll unterschreiben und könnte am Abend dem Schweigsamen nichts von alldem erzählen, bliebe über Nacht im hinteren warmen Bahnschuppen. Morgen würde er endlich nach Hause zurückgehen, ginge diese verfluchten Schienen entlang, die niemals auseinander liefen, im Gegensatz zu seinen momentanen Gefühlen. Er hatte sich freiwillig für die Aufgabe gemeldet. Er wollte vorankommen. Er ginge, bis er zu der ausgelieferten Bahnstation mitten im Feld käme, wo er dann den Zug für das Reststück bis nach Hause nähme. Und er hätte für lange Zeit genug.

15

Kohnen starrte unentwegt auf den roten Sockel der Friedhofskapelle und konnte nicht aufhören. Nahe dem Parkplatz, vor dem großen, geschmiedeten Tor, lärmten Jugendliche.

Wo sollen die sich auch treffen, sagte Elfriede, ohne dass er sich beschwert hatte.

Er antwortete nicht. Starrte hin und her und sie glaubte, sie sei gar nicht da. Sie nahm ein Tempotuch, wischte das Rinnsal aus seinem Augenwinkel. Harsch zog er seinen Kopf zur Seite.

Mit den Mopeds gehen sie jetzt schon ... auf die Spielplätze, brummte er und wies in eine diffuse Richtung. Auf seinen Schenkeln bewegten sich die Hände gleichmäßig.

Die tun nicht genug für Jugendliche, sagte sie.

Kirche und Politik, sagte Kohnen, denen kannst du gar nichts glauben. Alles Schauspieler!

Vom Tor kam Lärm. Metall kreischte wütend.

Blechdosen, Bierflaschen, Zigarettenkippen, Herumschreien, Gewalt, und ... und alles auf dem Spielplatz ...

Er sprach hohl.

Bald käme der November. Die Straßen wären bestenfalls in einem kalten Glanz. Der Regen schüchterte die Bäume ein. Elfriede dachte an hartnäckige Krankheiten, die sich wie der Raureif der Dächer zusätzlich über ihren Alltag legen würden. Die Krähen nähmen ihre Arbeit auf. Aus den Kaminen kämen geduckte, graue Schwaden.

Die Enkel sollen nicht auf dem Spielplatz bei ... bei ...

Du meinst beim Supermarkt!

Ja, Sara und die anderen ... da war ... letztens die Schlägerei!

Fritz, die sind da schon lange nicht ...

An die Kinder darf ... nichts kommen.

Aber Fritz, sie spielen woanders, Karin ist immer dabei und Sabine.

Trotzdem, hörst du? Trotzdem.

Er sagte es, als sei Elfriede anderer Meinung und für die nicht anwesenden Enkel verantwortlich, als müsse sie Unbill und Gewalt sogar aus der Distanz von ihnen fernhalten. Und wieder stierte er stumm auf den roten Sockel der Kapelle. Sein Körper schien dort etwas bewegen zu wollen, doch blieb er ganz starr.

Was ist da, Fritz, was hast du?

Seine Hände lagen da, leise fragend nach innen. Dünne Sonne mogelte sich durch, brachte die Ziegel in mattes Glühen.

Nichts, nichts ist da! Was soll sein?

Nur wenn Kohnen schrieb, schien er diesem Leben noch gewachsen. Merkwürdig war, dass sie ihn vom Posten hatte losreißen können, indem sie ihn dazu brachte, sich intensiver denn je mit diesem Leben zu beschäftigen. Ihr war klar, dass am Posten nichts repariert wurde. Dort begann ein neues Zeitalter. Eins, in dem Fritz nicht mehr anwesend war, in dem von ihm keine Spur mehr bliebe. Sie hatte diesen Posten nie geliebt, aber um Fritz tat es ihr leid. Ihrer beider Leben war zu einem engmaschigen Netz geworden, aus dem sie dennoch leicht würden herausfallen können, wobei nicht sicher war, ob sie je wieder zurückfänden.

Sollen wir noch einmal bei deinen Freunden vorbei? Fritz, hörst du? Sollen wir noch bei …

Ach … was soll ich da, liegen da jetzt herum und verfaulen … in der ersten Reihe … verf …

Er weinte.

Komm Fritz, wir gehen zurück, du legst dich ein bisschen hin. Hast ja gestern viel geschrieben. Ich muss das ja auch alles noch lesen. Nach dem Schlafen sagst du mir wie's weitergeht, ja?

Sie gingen am Parkplatz vorbei. Einer der Jugendlichen machte eine dumme Bemerkung, auf die Elfriede nicht einging. Mangelnde Liebe würde dahinterstecken. Vielleicht auch Arbeitslosigkeit. Vielleicht sogar der Verlust eines Elternteils. Wenn man genauer hinhörte, waren diese jungen Leute verletzlich, eingeschüchtert, in ihrer Seele einfach unbeantwortet. Deshalb schrien sie so laut.

Nach dem Schlaf verweigerte Fritz vehement seine Medizin. Elfriede wurde böse und ungewohnt laut. Und als selbst das nicht half, griff sie an ihr Herz. Natürlich hatte sie Angst gehabt, er würde nach entsprechendem Zuspruch nicht umzustimmen sein. Elfriede liebte keine Tricks, sah aber keinen anderen Ausweg, als einen Herzanfall vorzutäuschen. Sie steckte ihm den Löffel zwischen die Zähne, und er brabbelte unverständlich auf dem Metall herum.

Mach das nicht noch einmal, sagte sie scharf.

Gegen den Tod ist kein Kraut gewachsen, flüsterte er.

Ach Quatsch, sagte Elfriede, von nichts kommt eben nichts, wir sind so gut vorangekommen, das machst du mir nicht wieder kaputt! Hier ist deine Kladde. Ich habe gerade die Sache mit den verlorenen Beinen abgeschrieben. Schrecklich.

Als sie das sagte, sah er die alten Baracken an der Bahnlinie wieder, auf die er im Krieg einige Wochen hatte aufpassen müssen, ohne genau zu wissen, was sie enthielten. Er hatte nicht fortgemusst, weil er an der Heimatfront, wie man bei der Bahn sagte, einen vaterländischen Dienst tat. Dazu gehörte auch seine tägliche Arbeit am Posten 49, an dem laufend Militärzüge vorbeikamen. Kohnen war sechs Wochen, im Wechsel mit einem Kollegen, dafür verantwortlich gewesen, dass niemand sich an den mit Schlössern und Ketten gesicherten Baracken zu schaffen machte. Vermutlich enthielten sie Munition für diesen glorreichen Krieg. Jedenfalls wurden eines Tages endlos grüne Kisten verladen, auf denen schwarze Zahlen und Buchstabenkürzel aufgemalt waren. Sie verschwanden in tiefschwarzen Schlünden getarnter Waggons, aus denen zuverlässig, wie im Takt eines Uhrwerks, Hände herausgriffen, die die Kisten aus der Händekette draußen entgegennahmen. Immer wieder hatte Kohnen Gruppen von Kindern wegjagen müssen, die sich den an dieser Stelle langsam fahrenden Kohlezügen näherten, um aufzuspringen und geschickt Brennmaterial abzuwerfen. Sie waren leichtsinnig und brachten sich mehrmals in Lebensgefahr. Er sah die Kniestümpfe der toten Frau vor sich und auch das Bild eines elfjährigen Jungen, der unter einen Kohlenzug geraten war, verschwand nicht mehr aus seinem Kopf. Er sah die schwärzlichen Stümpfe der toten Frau, mit teilweise getrocknetem, tiefdunklem Blut und diesen Jungen, eingekreist von der ganzen entsetzten Gruppe, die kein Wort mehr sprechen konnte. Nur schreien konnten sie ganz entsetzlich. Der Junge hielt verständnislos sein verstümmeltes, blutendes Bein.

Später hatte Kohnen den Jungen oft am Bahnübergang gesehen, wie er mit billigen hellgrauen, umwickelten Metallkrücken sein nie vermutetes Lebensschicksal bewältigte. Erst als Erwachsener hatte er ihn mit einer vernünftigen Prothese gesehen.

Früher, sagte Kohnen, und biss gleichgültig in seinen Marmorkuchen, da habe ich immer gesagt: Wes Brot ich esse, des Lied ich singe.

Er sprach glatt und ohne Stocken. Seine Augen flimmerten. Er wollte etwas gutmachen.

Und jetzt?

Jetzt würde ich deren Lied nicht mehr singen. Nee. Nie!

Du kriegst jetzt Rente, sagte Elfriede, die kommt von der Bahn und die ernährt uns. Lieder brauchst du ja nicht zu singen, aber dankbar bin ich trotzdem.

Na ja, sagte er leise, die müssen mir dankbar sein. Das können die alles … gar nicht bezahlen.

Über den Satteldächern der anderen Straßenseite stand der Himmel in tiefgrauen, wässerigen Flächen. In den Häusern, die auf verquere Weise von Gründerzeit und Jugendstil angehaucht waren, wurde Licht gemacht. Aus einigen Kaminen kam blasser Rauch.

Guck mal, die Frau vom Friseur, sagte Kohnen, macht sich an den Türken ran. Die schreckt vor nichts zurück. Und wie die grinst! Passen zusammen.

Er stand vorgebeugt hinter der Gardine, schüttelte den Kopf. Sein Kopfschütteln kam dabei auf seltsame Weise seinem Ja-Sagen in die Quere, als Resultat entstand eine Art Kopfkreisen.

Wenn alte Scheunen brennen, lachte Kohnen! Wie alt ist die denn eigentlich?

Na, Mitte fünfzig muss sie sein, vielleicht will sie nur besonders schönes Gemüse, sagte Elfriede.

Ach was, das Gemüse, das die will, kann ich mir vorstellen. Ich kann das nicht … nicht …

Fritz, kümmere dich nicht um alles. Lass diese Leute!

Kohnen hustete plötzlich erschreckend laut, wusste kaum wo er sich noch festhalten sollte, weil ihm die hilflosen

Hände automatisch zur Brust gingen und da etwas zurechtrücken wollten.

Was machen die da am Posten, fragte er leise. Guck mal, Friede, guck ... was die machen!

Die Arbeit ruht, sagte sie. Da passiert im Moment gar nichts. Am besten du nimmst dein Heft und schreibst, bitte Fritz!

Kein Bier mehr, kein Schnaps, kein Pfeifchen, nichts darf man mehr, kein Hintern, dachte er noch. Was ist das für ein Leben!

Fritz, ich koche jetzt vor und du schreibst, bitte. Oder willst du mich etwa traurig machen?

Ach was, sagte er, ich meine ja nur ...

Dass sie die *Barriere* abgerissen haben, ist ja schon schade, sagte jetzt Elfriede. Aber wenn du gern mal ...

Lass die *Barriere*, sagte er scharf. Lass sie aus dem Spiel!

Wieder begann er zu husten.

Sie schüttelte den Kopf, verdrehte ihre Augen und stellte die Pfanne etwas härter hin als sonst. Manches an ihm konnte sie nicht mehr verstehen. Kohnen schlurfte zum Hinterausgang, starrte auf die Tür des Schuppens. Er nahm den grauen Kittel vom Nagel, kam zurück. Solche Nägel hatten sie früher zu Hause drinnen gehabt. In der Küchentür, als Garderobenhaken. Er schlurfte im Kreis und zog den Kittel an.

Was machst du denn jetzt?

Ich arbeite. Arbeit schändet nicht. Nur Arbeit schändet nicht! Schindet vielleicht. Das ist mein ... Arbeitskittel. Mein grauer.

Elfriede goss Wasser ab. Sie schüttelte den Kopf.

Als wenn ich das nicht wüsste. Wie oft hab ich den denn schon gewaschen!

Kohnen sah seinen Vater am Küchentisch, wie er dort seine Zigaretten selber drehte. Dafür benutzte er ein kleines Maschinchen, das er nach jedem Drehvorgang liebevoll säuberte, um es dann konspirativ wieder wegzustellen. Er machte immer nur zehn Stück, wenn noch eine übrig war, und lächelnd roch er an jeder einzelnen, bevor er sie in einer Zigarillo-Schachtel mit buntem nostalgischem Deckel ablegte. Das Papier raschelte an seinem Schnurrbart.

Fritz bewegte sich wieder. Ging aus der Mitte der Wohnküche an das Fenster, briet da weiter in Untätigkeit.

Die Gedanken sind frei, dachte Elfriede. Mit dem Rücken stand sie zu Fritz Kohnen und wischte hektisch ihre Hände an ihrer Schürze ab. Sie wusste nicht genau warum, aber sie fühlte sich bestraft, und ihre Überlegungen landeten elektrisiert im Heu einer fernen Zeit.

16

Nebel hing im uralten Apfelbaum, der morgens, an schöneren Tagen, Sonnenlicht diffus in die Wohnküche lenkte. Eine säuerliche Herbstsorte, die Elfriede so gut wie nicht mehr verwendete. Für Apfelkuchen reicht das noch, hatte ihre Tochter gesagt. Ach, die paar Früchte, die er noch bringt, soll man ihm lassen, hatte Elfriede geantwortet. Die kann man ja an zwei Händen abzählen.

Sie sah an diesen Äpfeln jeden Herbst das Leben, die Kräfte, vergehen. Die Melancholie hätte sie jedoch nicht missen mögen. Im Winter sammelte sie die verschrumpelten, mit Nässe durchsetzten, gelblichbraunen Reste und warf sie auf den Komposthaufen.

Gleich kommt der Arzt, Fritz, rief sie in den Hof. Bitte achte mir auf deine Hose und dein Hemd!

Er rumorte im Schuppen.

Sie hatte den grünen Zettel mit der Notiz über dem Telefon abgelegt. Zwei neuere Mittel standen darauf. Immer wieder einmal hatte jemand von etwas gehört, das Fritz helfen könnte. Immer wieder fragte sie den Arzt, dem sie tief vertraute.

Das hat man früher gern verwendet, sagte der sanft. Wie gut, dass Sie mitdenken. Man kann ja auch nie wissen! Aber diese beiden Bürschchen verschreibe ich schon lange nicht mehr. Die haben ganz schöne Nebenwirkungen, ganz unartige Bürschchen, wissen Sie; Trockenheit im Mund, Schwindel, Sehschwierigkeiten und so weiter. Und ich denke, das sollten wir ihm ersparen. Er hat schon genug davon!

Wir können uns das alles sparen, sagte Kohnen missmutig. Die ... die Ärzte sind eh alle gleich, erst kommt das Geld ...

Fritz, jetzt ist es genug! Wo wärest du ohne Ärzte! Und dieser Mann kommt regelmäßig ins Haus. Du könntest auch hingehen. Weit ist es ja nicht. Außerdem hat er einen kranken Sohn. Und vor Jahren die Frau verloren.

Mit schlürfenden Schritten verließ Kohnen die niedrige Wohnküche und verschwand wieder im Schuppen. Bis zum Mittagessen ließe er sich kaum sehen. Hin und wieder sah Elfriede ihn am Zaun stehen, da wo der Garten spitz auslief, links eine weiße, fast zweimannhohe Mauer berührte und rechts durch den Wiesenwulst vom Gleiskörper getrennt war. Sie hörte ihn laut hämmern und schüttelte heftig den Kopf. Denn immer wieder traf er daneben und verletzte sich. Das alles hatte sie auszubaden.

Seit Tagen lag der Bahnübergang verwaist. Inzwischen war der Dachstuhl vollends verschwunden und Fritz hatte alle Hoffnungen begraben, man wolle das Dach neu eindecken.

Vielleicht machen sie ja ein Flachdach, hatte Elfriede wider besseres Wissen gesagt. Daraufhin hatte er nur geschwiegen und eine wegwerfende Handbewegung gemacht. Ein Bewegung, die Elfriede hasste.

Seither verschwand er immer wieder im Schuppen. Er sägte, er hämmerte, hantierte mit hellen Holzbohlen und wenn es nicht so absurd gewesen wäre, hätte sie geglaubt, Fritz arbeite an einem nagelneuen Dachstuhl für den Posten. Hin und wieder ging sie zum Schuppen, schaute durch die Ritzen. Meistens stand er da und keuchte, vorübergebeugt, ein Werkzeug hilflos rührend in der rechten Hand. Er wischte fahrig den Schweiß weg, sein Kopf nickte unaufhörlich.

Jetzt hatte er einen unfertigen kleinen Holzkasten vor sich, etwa sechzig mal dreißig Zentimeter und dreißig hoch. Elfriede ließ ihn gewähren. Er spielte wohl. Vieles, was er machte, war nutzlos, doch war sie froh, dass er sich beschäftigte. Ihre Freude ließ sie zeitweilig sogar vergessen, dass er sich gefährden konnte. Elfriede schlich um den fensterlosen Schuppen. Durch die Ritzen hatte sie auch sehen können, dass eine der beiden brennenden Neonröhren flackerte. Die Tür zum Schuppen war tatsächlich fest verschlossen. Sie rief ihn zum Essen und hörte, wie er kurz darauf aufschloss. Sie ging entschlossen zur Tür, öffnete den Schuppen unbefangen.

Oh, sagte sie fröhlich, und zeigte auf den Kasten, früher hat man in so was Teig geknetet! Aber die waren mehr wie Schalen, unten gerundet, ohne Ecken.

Fritz sah entsetzt hoch, sein Gesicht ein einziger Vorwurf. Der Mund blieb kraftlos offen. Er sah durch sie hindurch und traf sie doch empfindlich.

Das geht dich nichts an! Das ist meine Werkstatt!

Dann riss er die Tür an sich und schloss sie wütend.

Was war passiert? Was hatte sie falsch gemacht? Er war immer noch der Einzelgänger, ein Einzelstück mit Eigenschaften, die sie nie ganz begreifen würde. Doch war das nicht jeder?

Man merkt, er hat sich selbst erzogen, dachte Elfriede auf dem Rückweg zur Küche. Sie schüttelte unwillig den Kopf. Aber die Krankheit macht ihn noch einsamer. Alle diese Jahre habe ich ihn nicht grundsätzlich ändern können. Nur die erste wilde Zeit, als er noch suchte, war schön gewesen. Gut, dass man am Anfang einer Geschichte vom Ende nichts weiß!

Sie hörte ihn kommen, stellte das Radio leise ein, brachte schon die dampfenden Schüsseln zum Tisch.

Ich habe dir Gulasch mit Bandnudeln gemacht und grünen Salat!

Dir etwa nicht?

Natürlich, sagte sie, wir essen doch immer zusammen. Ich hatte nur überlegt, was dir wohl am besten …

Mir ist alles recht!

Ach so. Also gut! Dann brauche ich mir in Zukunft eben nicht mehr so viele Gedanken um dich zu machen!

Wieso?

Wie du mir, so ich dir, Fritz Kohnen. So einfach ist das dann eben.

Sie aßen schweigend. Die Musik aus dem Radio war zwischen ihnen ein unermüdliches Gewebe, das Maschen aufnahm und wieder fallenließ, loser und dichter strickte und im Grunde nicht weiter kam. Verbissen bemühte sich Kohnen, keine Flecken zu machen. Als er endlich seinen Joghurt aß, klatschte ein ganzer Löffel auf die Decke und hinterließ eine blassrosa Wunde. Als wäre es Absicht. Er erhob sich erschreckt. Dabei furzte er ungewollt. Wenn sie etwas hasste, dann war es das.

Oh, sagte sie, oh, jetzt ist es aber genug! Du benimmst dich wie ein Schuljunge. Du weißt, ich hasse das. Soll ich vielleicht woanders schlafen?

Nein Friede … nein, sagte er, hastete auf seine umständliche Art ins Schlafzimmer und klopfte auf die leere Stelle in ihrem Bett.

Hier, hier Friede, ist dein Platz.

Später lagen sie eine Weile wortlos. Jeder wartete auf den anderen, dass er einschlief. Sie war schon im Dämmerzustand, als sie seine suchende Hand spürte. Sie stellte sich schlafend, vermied jede Bewegung. Sie atmete gleichmäßig. Seine rauen Finger suchten ihre Schenkel, ihre Hüfte, ihren Po, kamen vorsichtig nach vorn und blieben unter dem weiten Nachthemd eine Weile auf ihren nun schlaffen Brüsten, die eine Delle nach innen bildeten. Kohnens Atem ging rau und unregelmäßig. Er wusste, wenn Friede einmal schlief, dann schlief sie. Er streichelte sie, fand den Bauch mit den alten Narben, zog vorsichtig an ihrem Slip.

Elfriedes Gefühle lagen zwischen Abneigung und Freude, zwischen Mitleid und Wut. Sie konnte es nicht taxieren.

Er schob ihren Slip weiter nach unten, streichelte ihre Scham. Kohnen weinte vor sich hin und sie entschloss sich, ihm seine Trauer zu lassen, sich nicht zu erkennen zu geben. Bald würde er einschlafen und mit seinen Empfindungen auswandern in eine eineinhalbstündige Starrheit. Seine Hand lag nun zwischen ihren Schenkeln und wurde da ganz still. Elfriede ließ sie da liegen. Auch sie schlief ein und als sie erwachte, wartete sie geduldig ab, bis seine Hand wieder Ordnung geschaffen hatte. Dann erst stand sie auf.

Ich hatte einen schönen Traum, sagte sie sanft.

Er lächelte unsicher.

Du bist jedenfalls ein ganz Schlimmer, sagte sie, und hast mich ganz schön aufgeregt.

Kohnen kam neugierig hoch, sagte nichts. Er lächelte; nach dem Kaffee nahm er sofort seine Kladde.

Was man alles so träumt, sagte Elfriede.

Du hast mit unseren Jungs aufgehört, sagte sie, weißt doch, wie sie mit dem Handwagen, dem kleinen Leiterkarren, noch von meiner Mutter, alte Zeitungen und den Schrott transportiert und bei der Firma Bedorf abgegeben haben. Das waren noch Zeiten. Der hat doch immer falsch gewogen.

Das bisschen Geld, sagte Kohnen. Aber wo kein Kläger ist, ist ja auch kein ... Richter.

Und die Kinder haben geglaubt, dass sie jedes Mal ein kleines Vermögen bekamen. Das war doch das Wichtigste, sagte Elfriede.

Er ging zum Fenster, äugte nach dem Posten, wo auch heute niemand erschienen war. Der Übergang war gesperrt. Ein großes Schild, am Anfang der Straße, verwies auf die ferne Parallelstraße mit ihrem Übergang. Die dunklen, leeren Fenster des Wärterhäuschens gähnten. Weißrote Plastikbänder schaukelten. Die graue Luft war feucht und unnachgiebig kühl. Es roch stark nach Kaminrauch, nach Benzin. Kohnen schloss das Fenster leise und setzte sich.

Versuche doch, etwas größer zu schreiben, flüsterte sie. Du weißt ja, meine Augen!

Sie war nicht sicher, ob er sie auch gehört hatte. Sein Nacken bebte. Bald wäre er fern und unerreichbar. Er sah und hörte nichts als die Bilder einer abgelaufenen Zeit. Und die hatten wohl Ecken und Kanten genug. Leise ging Elfriede zum Schuppen. Doch den kleinen, länglichen, hellen Holzkasten fand sie nirgendwo.

17

Dass Elfriede den kleinen Holzkasten wiederfand, war eher ein Zufall. Denn ihren dunklen, flachen Dachboden, mit dem Einstieg in der Küche, hatte sie jahrelang nicht betreten. Sie war so verwundert, dass sie sich zunächst gar nicht fragte, wie Fritz da hinauf gekommen war und wann. Es musste wohl während eines längeren Einkaufs passiert sein. Mit der Leiter, mein Gott!

Durch das winzige, runde Fenster zur Vorderseite kam ein kläglicher Strahl Licht. Sie erkannte den Kasten sofort. Nur, dass er jetzt einen Deckel hatte, der ziemlich genau eingepasst war. Sie hatte nach dem dunkelblauen Überseekoffer ihres Großvaters gesucht, den dieser für ein Amerika-Abenteuer gekauft hatte, von dem er nach fünf Jahren zurückgekommen war, mit nichts, als dem gleichen Koffer. Schwarze Stahlecken. Helle Holzleisten, ein paar graue Innenfächer. Um diesen Koffer rankten sich Legenden. Als Kind hatte Elfriede sich manchmal darin versteckt, denn er war hoch wie ein zwölfjähriger Junge und so breit wie zwei. Der Koffer war voller Narben. Irgendwie schien er lebendig.

Du hast doch irgendwo diese alten Kleider, hatte ihre Tochter gesagt, mit denen, wie du erzählt hast, die Kinder sich verkleiden wollten, Theater spielen, in der Schule …

Natürlich, sagte Elfriede, ich muss das raussuchen. Das Taufkleid meiner Mutter will ich aber behalten.

Ist doch klar, Mutter, du kriegst auch die anderen Sachen zurück. Das ist jetzt so eine Phase.

Die sollen ihre Phase haben, lachte Elfriede, sie wusste nicht genau, in welchem Schrank sie die Kleider aufbewahrte.

Erst später fiel ihr der Koffer ein. Normalerweise hätte sie ihren Sohn gebeten, ihn von da oben herunterzuholen und den Kasten nicht entdeckt. Aber ihr Sohn war auf Montage. Der Kasten konnte erst seit ein paar Tagen hier oben stehen. Doch warum gerade hier? Warum war er nicht im Schuppen geblieben? Was sollte das?

Sie drückte ihre Knie gegen die Leiter und zog den Kasten nach vorn ins Licht. Auf dem Deckel war im oberen Teil ein dunkles Kreuz eingebrannt. Elfriede war völlig geschockt und stierte darauf, ohne etwas zu verstehen. Fritz musste große Probleme mit dem Tod haben. Jetzt konnte sie sich wenigstens den leichten Brandgeruch von vor einigen Tagen erklären.

Fritz, schmort da was? Es riecht so komisch!

Ach was, der Bohrer ist heiß gelaufen.

Er hatte Probleme mit dem Tod. Was musste er durchmachen, wenn er so etwas Makabres anstellte? Dabei führte die Krankheit selbst doch nicht zum Tod. Sie zog sich lange Zeit hin und war nicht aufzuhalten. Sie beeinträchtigte das Leben gewaltig, aber ... Vielleicht war es die Aussichtslosigkeit, die ihn zu so merkwürdigen Handlungen trieb?

Anders konnte man es nicht erklären. Fritz neigte nun wirklich nicht zu symbolhaften Handlungen. Bei ihm musste alles handfest sein. Erklärlich. Firlefanz lehnte er ab. Dieser ganze Tinnef, sagte er oft. Dieser Ramsch!

Elfriede hörte den schlurfenden Schritt auf dem Kiesweg im Garten. Schnell kam sie von der Leiter herunter. Sie konnte sie nicht mehr wegstellen. Eilig zog sie die Klappe zu, schob die Leiter in die Ecke. Als Fritz hereinschlurfte tat sie so, als staube sie den Küchenschrank obenauf ab. Er blieb im Türrahmen, schien unbeeindruckt, stierte auf Elfriede, die Leiter, den Lappen und wieder auf Elfriede. Sie mutmaßte, seine Blicke hätten auch den Einstieg gestreift, sie konnte sich nicht mehr ungehemmt bewegen.

Stell die Leiter weg, Elfriede, sagte Fritz ... denk an dein Herz. Nachher ... fällst du noch!

Ja, sagte sie, du hast recht, ich wollte nur ... es ist wochenlang da nicht saubergemacht worden.

Na wenn schon ...

Er drehte sich um, schlurfte wieder zum Garten. Zitterte und nickte, sein Gang war unsicher. Es war Elfriede, als zöge große Trockenheit zwischen ihnen auf. Sie glaubte auch, Fritz habe den Bogen endgültig überspannt, obgleich ihr kein konkretes Vergehen einfiel. Alles machte sie an diesem Morgen orientierungslos. Sie vergaß sogar, frühzeitig mit dem Vorkochen anzufangen. Als die Krankengymnastin gegangen war, deckte Elfriede den Tisch. Von draußen hörte man die Presslufthämmer. Fritz stand

am Zaun und starrte auf den Bahndamm. Sein Wärterhäuschen war nur noch ein rechteckiger, grauer Kasten
mit dunklen Löchern.

Sie waren drei Kinder gewesen. Früh morgens mussten sie
aus den Betten. Manchmal schlief der Vater noch, nach einer langen Nachtschicht. Oft tat er schon Dienst. Wenn sie
gerade frühstückten, hatte er bereits mehr als zehn Mal die
Schranken betätigt, die er liebevoll meine Schrankenbäume nannte. Die Mutter betrieb eine kleine Landwirt-
schaft hinter dem Backsteingebäude und war oft sauertöp-
fisch. Fritz erinnerte sich an den elterlichen, blanken Küchentisch, das Pergamentpapier, die helle Metalldose für
die Brote, die geriffelte Thermoskanne. An die Felder, in
denen Elfriede den Großeltern bei der Ernte geholfen
hatte. Fritz fühlte sommerlichen Staub auf der Haut. Er
fühlte sich stark und voller Tatendrang, konnte Elfriede
nur von weitem zusehen, wie sie zwischen anderen die
Forke bewegte; er traute sich nicht hin. Und dann wieder
stürmten viele Schüler ins Freie, grölten, johlten, balgten
und schlugen sich, und vor der Rektoratsmauer kam er
zum Stehen, sein Kopf schlug hart dagegen, die Finger
klammerten sich zwischen den hohlen Ritzen der schwarz-
roten Backsteinmauer fest, seine Beule wuchs und wuchs,
er musste sich hinquälen zu den übel riechenden Toiletten,
wo er seinen Kopf lange unter der Pumpe kühlte. Erinnerungen.

Der 13:30-Uhr-Zug kam vom nahen Bahnhof, nahm Geschwindigkeit auf. Elfriede rief angestrengt. Wieder fuhr ein Kleinlaster ab, schwer beladen mit herausgebrochenen Asphaltstücken. Alte Schwellen lagerten neben den Gleisen, zwischen den ständig herabgelassenen Schranken, verströmten ihren unvergleichlichen Geruch. Hier würde nichts mehr bleiben, wie es gewesen war. Er musste zur Baustelle gehen. Und wenn er abends ginge, nachdem Elfriede eingeschlafen war. Anders käme er gar nicht zur Ruhe. Wenn er nicht sicher sein konnte, wenn er nicht über alles genauestens informiert wäre, schien ihm die Welt desolat. Es galt schlicht Schlimmeres zu verhindern. Denn was er sah, war wie ein Krieg, ein Krieg gegen ihn persönlich.

Wo habe ich mein Ppp ...?

Das Mittel nimmst du ja gar nicht mehr, Fritz, hast du das vergessen? Du nimmst das andere, 3 mal 5 Tropfen zurzeit und dieses von früher, na sag schon ...

Ach ja, Prinz von Hom ...

Wieso Prinz von ... ach ja, das sagt der Doktor immer, für Menschen mit innerem Adel, sonst hieß es einfach Bulgarische Kur!

Die Bulgaren waren unsere Verbündeten, Preußen des Balkans, na ja, auf jeden Fall beginnt dahinter die Türkei und da hört sowieso jeder Spaß auf. Ha, Preußen ... also dann ...!

Komm Fritz, du kennst weder Bulgarien noch die Türkei, oder ...

Man hört so Einiges. Karl war im Krieg da unten. Wenn der erzählt!

Der Krieg ist vorbei. Gott sei Dank!

Krieg ist nie vorbei. Jetzt führen sie Krieg ... auf meinem Bahndamm. Direkt vor unserer Tür ... Türken sind auch dabei! Kinder foltern die sogar in ihren Gefängnissen, Kinder, Friede, ich dachte, das könnten nur die Iraner. Und dieser ganze Balkan ... Aber Bulgarien war anders, gastfreundlich und die Juden haben sie beschützt ...

Woher ...

Ich hab's genau gehört ... im Radio.

Fritz, du sollst richtig kauen, du schluckst ja alles nur runter. Gut gekaut ist halb verdaut, du weißt das doch. Nachher sitzt du wieder stundenlang und kannst nicht.

Sie hörten nur noch ihre eigenen Essensgeräusche. Das Toilettenwasser gluckste leise. Der Sohn würde alles reparieren. Die Trockenheit zwischen ihnen nahm noch zu. Worte bröckelten ab, bevor sie den Mund verließen, oder entstanden gar nicht erst. Fritz' Frisur war seltsam wirr verweht. Nachher würde er schreiben. Als schriebe er gegen alle Umstände der Vergangenheit. Drei Jahre Weltkrieg würde er außen vor lassen. Von 1943-1945 klaffte eine große Lücke, als könne er sich nicht erinnern. Um kurz nach 14:00 Uhr setzten die Presslufthämmer wieder ein. Pfiffe gellten. Warnsirenen zerrissen das zwischen Elfriede und Fritz liegende Mittagslicht. Er griff sich an den Kopf, an die Ohren, hinterließ sein schütteres Haar in völligem Chaos, seine Augen durchbohrten Elfriede, kamen nirgendwo an. Sein Blick war fahrig und irre. Die Luft schien zu knistern.

18

Allmählich zog sich der Raum mit Dunkelheit zu. Wolken quirlten, das Mondlicht wurde abgewürgt. Auf den Gegenständen schimmerte blaugraue Müdigkeit. Der runde Kleiderständer, aus der ehemaligen *Barriere*, sah aus wie ein harmloser Galgen. Stündlich würden zwei Nachtzüge verkehren. Einer pfeilschnell als Durchfahrt, der andere gemächlich aus dem nahen Bahnhof.

Und ich will an die Schranke, hatte Kohnen spröde gesagt, doch lag er schon im Bett.

Dann war er noch einmal aufgestanden. Brotkrumen trockneten in der Spüle. Unwirsch nörgelte er im Halblicht herum, während Elfriede wartete, dass er sich wieder hinlegte.

Das Haus steckte nächtlich wie ein Keil, schmal versetzt, im länglichen Gartengrundstück. Die benachbarte Brandmauer überragte mit drei Etagen das Areal, warf kühle Schatten auf die Gleise. Das Ocker des Hauses wirkte unter der orangefarbenen Leuchte des Bahnübergangs grel-

111

ler als am Tag, die grüngestrichenen Ornamenthölzer glühten beinahe bläulich-violett. Hinter der Ruine des Postens gähnten finstere, tiefe Zeitlöcher in keilförmigen, schwarzen Schatten.

Kohnen schlief fest und starr. Arme und Hände lagen steif auf dem Oberbett. Er war im Tiefschlaf angelangt und würde nicht mehr einfach weitergehen, wie er das am Tage tat. Seine Beine bewegten sich unter dem Plumeau. Stets ging er einige Schritte mehr als nötig, weil er sonst hingefallen wäre. Die Arme balancierten nicht mehr wie früher. Er ließ sich einfach auslaufen, wirkte wie ein Gefährt ohne Bremsen.

Elfriede stand leise auf, holte Leiter und Taschenlampe. Den Hörer legte sie vorsichtig neben das Telefon. Aus der Dachbodenöffnung schlug ihr modriger Nachtgeruch entgegen. Es roch beinahe wie altes, staubiges Licht. Im Strahl der Lampe zitterten Spinnennetze und weiche Staubwolkenreihen lagerten locker auf den matten Dielen. Das kleine, runde Fenster blickte dümmlich vor sich hin.

Das eingebrannte Kreuz musste neu sein. Sie roch daran und es roch nach Brand. Immer wieder horchte sie ins Haus zurück, wo sich aber nichts tat. Nicht einmal Fritz' Atem hörte sie aus dem nahen Schlafzimmer. Sie legte die Lampe ab, deren Licht nun diagonal in die andere Ecke schoss. Es traf ein ganzes Szenario aus überdimensionierten Staubteilen, Holzfasern, Steinchen und Mäusedreck. Elfriede hob den glatten Deckel der Kiste vorsichtig an, betrachtete ihn genau von der Innenseite. Nichts Ungewöhnliches.

Nun erst entdeckte sie das flache Päckchen. Es war grau, rechteckig und enthielt unter einer nicht mehr sehr transparenten, verschweißten Hülle offensichtlich Briefe und Fotos. Zuerst dachte Elfriede an ihren Großvater. Etwa zwölf Briefe mussten es sein und unter der Lampe erkannte sie, durchscheinend, in Spiegelschrift, diese Anrede: *Liebster Fritz.* Sie griff sich ans Herz, schmerzhafte Stiche durchzogen sie, umkreisten den Muskel, setzten sich oberhalb der schlaffen, linken Brust fest. Das Päckchen war zugeschweißt und nicht zu öffnen, ohne dass man die Hülle zerstört hätte. Offenbar beabsichtigte nicht einmal Fritz, diese Briefe noch einmal zu lesen.

Sie stierte auf das am anderen Ende liegende Fensterauge, doch das war nahezu blind und konnte ihr nichts verraten. Fast vergaß sie wieder hinabzusteigen. Den Kasten schob sie mitsamt ihrer Entdeckung hinter sich, ins Dunkel der flachen Schräge, bevor sie schließlich die Klappe zuzog und die Leiter forttrug. Sie weinte still vor sich hin und suchte das Bett, wo sie bald in tiefen Schlaf fiel. Im Grunde wusste sie nichts.

Zuvor sah sie noch wilden Hafer, blühende Wicken, den Stechginster, roch Teer, Staub und Sonne, sah gleißende Gleise im Horizont, überwand verwilderte Kleingärten, hörte Spitzhacken, den Lärm aus einer nahen Kneipe, sah die Hand mit Tablett, auf denen Gläser balanciert wurden, erkannte die rotweißen Absperrbänder, stark verschmutzte Planen, den Laden des Goldschmieds, schwarze Keyboards, roch fremdländische Gewürze, hörte Satzfetzen, das Knistern von Zeitungen, gelangte in einen dumpfen Anfangsschlaf, blieb längere Zeit unentschlossen, bevor sie endlich tieferen Schlafgrund erreichte.

Später träumte sie wieder. Namen von Medikamenten spielten eine Rolle. Einige hörte sie sich sagen und es war, als erkenne sie zum ersten Mal Fritz' Hinfälligkeit. Sie fühlte den Schrecken. Die Hände zählten, drehten Pillen, schlugen Schaum und schienen zu anderen Handlungen doch gar nicht fähig. Oder sollten sie etwa für sündige Betätigungen von Gott gestraft worden sein? Läden schienen ihr wie Attrappen und ihr bisheriges Leben auch. Zumindest wie ein Vorwand. Und plötzlich waren es auch ihre Hände, die zählten, Pillen drehten und den Schaum schlugen. Dann fiel sie in ein tiefschwarzes Loch, sie sah und hörte lange nichts mehr.

Was Elfriede Kohnen zwei Stunden später hörte, war die Stille. Denn sie hörte Fritz Kohnens schweren Atem nicht mehr und sie erschrak. Doch Fritz Kohnen konnte neben ihr gar nicht atmen. Denn Kohnen war nicht da. Elfriede sprang auf, nestelte entsetzt an ihrem Flanellnachthemd mit Knopfleiste, suchte, rief, fand ins kleine Bad, wo sie die Kacheln selbst mit Ornamenten beklebt hatte, fand nichts außer Stille, Dunkelheit und blaugraues Schweigen auf allen Gegenständen.

Sie lief zum Garten, suchte hinter Büschen und Schwellen, versuchte es am Schuppen, kam an den Zaun. Die Schienen schwiegen silbern. Nichts. Doch dann sah sie hinter dem Wärterhäuschen einen Schatten hantieren. Der Übergang war abgesperrt und lag in Agonie. Sie sah einen Arm, einen Ellenbogen, den Stiel einer Schaufel und das Muster von Fritz Kohnens Schlafanzug. Den breiten beigegrünen Flanell-Blockstreifen, bei dem sie sich nicht vertun konnte. War er von Sinnen? Was wollte er aufhalten? Sie war außer sich.

Sie nahm den Hausmantel vom Haken, überquerte flink die Straße. Hinter dem Schrankenkopf schob sie sich geduckt durch den Durchschlupf und erreichte Fritz Kohnen, der hinter der Ruine keuchend Schutt aufhäufte und versuchte, dabei kein Geräusch zu machen.

Fritz! Fritz, hast du den Verstand verloren!?

Fritz schwankte stark, zitterte. Er fror. Sein Gesicht war schweißbedeckt. Der Ausdruck irre und zugleich verloren. Widerstandslos ließ er sich von Elfriede ins Haus bringen. Unwillkürlich lief sie wieder geduckt, am Arm den bulligen, doch hinfälligen Mann, dem alle Haare zu Berge standen, bei dem auch sonst nichts mehr im Lot zu sein schien. Sie sprach nicht, er sprach nicht, sie ließ ein heißes Bad

ein, setzte eine Bouillon an, schwieg hartnäckig und unerbittlich, sie handelte hart und schnell.

Was zum Teufel wollte dieser Mann da draußen? Ihr eigener Mann, der den stadtbekannten Übergang vierzig Jahre
beherrscht hatte, der sich jetzt nicht einmal selbst beherr-
schen konnte. Sich und sie vor der Nachbarschaft lächer-
lich machte. Doch vielleicht hatte ja auch niemand etwas
gesehen. Schließlich war es 3:00 Uhr nachts. Aber selbst
wenn niemand etwas gesehen hatte! Elfriede fühlte sich
gedemütigt, sogar schuldig, leergefegt. Außerdem setzte
Fritz Kohnen in einer kühlen Oktobernacht auch sein Leben einfach aufs Spiel, indem er eine Lungenentzündung
geradezu herausforderte. Und grade eben auch ihr eigenes
Leben, mit all seinen Heimlichkeiten. Und dieses Schau-
felgeräusch in der Nacht

Oh, Och, oh mein Gott, sagte sie immer wieder, hantierte am Herd, als ginge es nur noch um Sein oder Nicht-
sein. Ihr stockte der Atem.

Sie stellte Töpfe und Becher wütend aufs Eisen, ließ Löffel unnachgiebig aufspringen, rannte ins Bad, damit er
nicht auch noch ertrank. Schließlich traute sie ihm inzwischen alles zu. Elfriede war außer sich wie nie zuvor im Leben. Überall ließ sie das Licht brennen, damit er nur nicht
glaubte, dies sei eine alltägliche Sache. Beileibe nicht. Sie
rieb ihn kräftig ab und griff sich ans Herz.

Der Krug geht so lange zum Wasser bis er bricht, zischte sie. Du, du setzt unsere Ehe aufs Spiel. Du verheimlichst mir Dinge. Du weißt ja, Lügen haben kurze Beine ... und, und ... niemand kann zwei Herren dienen ... oh mein Rücken, mein Herz, oh ja, ja, stille Wasser sind tief ... aber ... nicht tief genug mein Lieber, nicht tief genug!

Friede!

Und wenn du jetzt noch ein Wort sagst, dann sag ich: hilf dir selbst ... dann hilft dir Gott ... wenn der überhaupt noch helfen will. Und ich sage dir: wer im Glashaus sitzt ... und du sitzt im Glashaus ... oh ja, du sitzt gewaltig ... oh, meine Tropfen ...

Sie lief zum Medizinschränkchen, suchte nervös nach ihrem Medikament, nahm die Tropfen in die hohle Hand, wischte die Handfläche am Nachthemd ab.

Oh, ein Unglück kommt selten allein, ein Arzt, ach was ich brauch keinen Arzt, ich brauch einen Mann der auf mich hört ... der zu mir hält, und hättest du ein gutes Gewissen ... dann könntest du auch schlafen und brauchtest nicht mitten in der Nacht ... oh du bringst mich an den Rand des Grabes, ja, aber wer anderen eine Grube gräbt!

Sie rieb ihn ab. Wut war in ihren Händen. Unversöhnlichkeit. Bitterkeit. Bei dem Wort Grube griff er so fest ihren Arm, dass sie aufschrie.

Fass mich nicht an, schrie sie, ich ... ich ...

Ich muss ... ich will ... was sagen, keuchte Kohnen.

Ach halt den Mund, halt ihn ... bis ich dir erlaube wieder mit mir zu reden. Reden ist Silber, weißt du ... aber das Schweigen ... das Schweigen ist Gold. Und ... und ... ich brauche viel Gold. Ohh, occh!

Mit Widerwillen hatte sie einige Male seinen Atem gehört, als sie diese steinschwere Lage wechselte. Alles schmerzte an ihr. Sie schliefen bis 10:00 Uhr. Lange hörten sie die Klingel nicht.

Oh Gott, der Arzt, rief Elfriede vom Küchenfenster.

Sie lief zur Haustür, öffnete und rannte gleich zurück.

Steh auf, Kohnen, der Arzt kommt. Steh sofort auf!

Beide standen in ihrer Nachtwäsche in der Wohnküche. Fritz murmelte eine Entschuldigung für den Aufzug. Er war ungewöhnlich beflissen, er sprach ganz glatt. Elfriede schwieg, zeigte ihm aus dem Hintergrund ihr unversöhnlichstes Gesicht. Sollte sie den Arzt nicht zur Seite nehmen und ihm die ganze Geschichte erzählen? Brauchte sie nicht Rat in dieser Situation? Briefe, die sie nicht lesen konnte, Fotos, die man nur vermutete, der Kasten, mit dem er so verschwiegen tat, dieses eingebrannte, alberne Kreuz. Das Bodenversteck. Fritz' zunehmende Unruhe, seine Abkapselung, trotz einer endlich gefundenen Medizin. Die Erstellung einer Chronik. Sie hatte an den Durchbruch geglaubt, der Arzt hatte sie gelobt, wäre es da nicht ihre Pflicht, ihn teilhaben zu lassen?

Ich bin etwas früher heute, sagte der Doktor, musste zu einem Notfall, und Sie lagen direkt am Weg.

Nach der Untersuchung sagte Elfriede zu ihrem Mann: Geh schon nach nebenan, ich komme gleich nach!

Und noch während er ging, wusste sie schon, dass sie gar nichts sagen, dass die Loyalität der Ehefrau siegen würde, nein, sie würde ihn trotz allem nicht hereinreißen; wusste sie denn genau, was diese Krankheit ausgelöst hatte? Gab es nicht vielleicht ungelesene Kapitel in seinem Leben, einen nie überstandenen Schock oder schicksalhafte ungewollte Begegnungen?

Bis in drei Tagen also, sagte der Arzt. Legen Sie sich ruhig wieder hin. Manchmal kann man das ja brauchen. Auch das Wetter ist danach. Schonen Sie sich! Aber Ihr Mann gefällt mir heute gar nicht, sagte er leise, wir werden sehen.

Danke, sagte Elfriede, er hört nicht, wissen Sie, hat sich vermutlich draußen erkältet. Im Schlafanzug, im Garten, und so …

Also dann, Frau Kohnen, bis bald. Wir werden sehen.

Sie legte sich nicht wieder hin. Sie wusch sich leise an der Spüle, zog sich in der Wohnküche an. Ihre Sachen hingen schon seit der Nacht über einem der Stühle. Sie öffnete den Brotkasten. Ihre Hände waren schwer und trauervoll. Den Ehering hatte sie gut sichtbar auf dem Nachttisch liegen lassen. Sie schnäuzte sich einige Male und deckte den Tisch. Ohne auf Kohnen zu warten, setzte sie sich und biss in ihr Diät-Marmeladenbrot.

Er ging direkt durch zum Fenster. Setzte sich. War schon angezogen und rasiert. Sein Frühstück würde er erst viel später anrühren. Aber das kümmerte sie nicht. Sollte er doch seinen Kaffee kalt trinken.

Nie hatte sie gewünscht, allein zu leben. Aber jetzt, an diesem Morgen, vor sich das trübe Stillleben des Frühstücks, dahinter die beiden Fenster mit dem nassgrauen Tag, rechts die grauschwarze Silhouette eines eingesunkenen Monuments, das einmal ihr Mann gewesen war, konnte Elfriede Kohnen sich schon vorstellen, den Rest ihres Lebens in Ruhe und Harmonie mit sich selbst ausklingen zu lassen.

Fritz Kohnens Augen verfolgten Elfriede ungläubig. Längere Zeit blieb er starr so sitzen, den Arm mit einer vor Anstrengung geballten Faust auf der Fensterbank. Er hielt sich krampfhaft gerade. Die müden Lampen schnitten Licht und Schatten ins Zimmer. Seine Hände bebten uferlos. Wasser bewegte seine faltigen Tränensäcke. Seine Muskeln schmerzten, sie dehnten sich und zogen in alle Richtungen. Nicht nur sein Körper war zum Gegner geworden.

19

Das Licht waberte unentschlossen auf der Linolplatte. Feuchte Ränder blieben dort, wo Elfriede Gläser anhob und mit dem Leinentuch trocken rieb. Von Zeit zu Zeit spülte sie alle Gläser durch und reihte sie auf dem Tisch auf. Sie standen mit offenem Ende nach unten, wie es sich gehört. Manche beschlugen auch. Die Wachstuchdecke trocknete über zwei Stuhllehnen.

Kohnen schrieb am Fenster. Er hatte den Beistelltisch, auf dem sonst Zeitschriften lagen, nach vorn geholt. Umständlich hing er da, stand oft wieder auf, schlurfte erbarmungslos, hob die Gardinen an, blickte ziellos auf Himmel und Fassaden. Den Übergang schien er zu ignorieren, doch der war nach wie vor sein einziges Motiv.

Die falsche Kristallvase mit verblühenden Nelken trauerte vor sich hin. Züge rasten vorbei, lieferten die sattsam bekannte Skala der Erschütterungen bis zu den wenigen Mittagszügen. Das Ticken der Küchenuhr wob unerbittliche Fäden. Sie aßen schweigend zu Mittag. Fritz Kohnen strengte sich gewaltig an, Elfriede nicht zu brauchen. Gegen 13:30 Uhr legte er sich hin und schlief sofort ein. Noch bevor sie den Hörer abnahm, begann sie zu weinen.

Ohh, occh ... es ist nicht zum Aushalten, sagte sie aufgelöst. Musste einfach mit dir reden ... irgendwie kann ich

... kann ich ... ja er ist nicht wiederzuerkennen, nein das nicht, aber ... ach viel schlimmer, ich mag gar nicht darüber ... aber ich muss doch mit jemandem ... ja, stell dir vor ... ich habe ... habe da, sie schnäuzte sich, ... Briefe gefunden, ein Päckchen, ja und ... doch, doch ... und Fotos müssen auch drin sein ... nein, die sind versiegelt, ich meine ... in Folie, nein, kann man nicht öffnen, sonst geht alles kaputt, ja ja ... regelrecht ... eingeschweißt, raffiniert ja ... ich beruhige mich ... müssen alt sein, das Papier, Holzpapier wie im Krieg, ich meine holzhaltig ... ja und, ja ... ich beruhige mich, eine Anrede schimmert durch, man kann es gerade erkennen: Liebster Fritz ... ohh, occh, oh je ... ich ... ich, nein komm jetzt besser nicht vorbei, weil, er merkt sonst was. So, ich hab mich wieder im Griff. Mach dir keine Sorgen!

Sie schnäuzte sich noch einmal gewaltig.

Ja, er wird immer seltsamer, der Bahndamm schafft ihn total ... nein mach dir keine ... in einem Kasten, auf dem kleinen Boden ... nein, nein, wenn man hoch kommt direkt auf diesem schmalen Stück unter der Schräge. Ein Holzkasten, den hat er kürzlich erst gemacht, frage mich bloß was das soll, jetzt hat dieses Ding auch noch einen Deckel und ... stell dir vor, ein Kreuz hat er da reingebrannt! Nein in den Deckel ... bin ... fassungslos, nein sag niemandem was, bitte, das soll unter uns bleiben, aber ich musste einfach sprechen ... ja danke, danke! Du bist ein Schatz, ja zum Kaffee ... aber nur du und ich, wir reden dann, mach's gut, nein, ich bin jetzt ganz in Ordnung.

Sie hob ihre schlaffe Haut sanft an, setzte sich die Mittagsspritze in den Oberschenkel. Demnächst würde sie einen sogenannten *Pen* ausprobieren, weil dann das Hantieren mit Ampulle und Spritze entfiele. Das hatte der Arzt vorgeschlagen. Endlich gab es das. Elfriede schloss ihre Augen, senkte den Kopf, ließ die Arme herabhängen. Sie war erschöpft wie ein nasses Handtuch. Sie horchte angestrengt. Die Geräusche alterten und nichts Junges kam nach. Vorsichtig legte sie sich hin. In ihrer Brust fühlte sie eine fremde Hand. Sie tat dort nichts Beängstigendes. Sie lag einfach nur schwer und mahnte.

Damals, ganz am Anfang, hatten sie nahe der riesigen Drehscheibe gewohnt, von der aus die Loks in alle Himmelsrichtungen gewiesen werden konnten. Oft hatte Elfriede gedacht, dass alle Möglichkeiten offen wären und dass die Scheibe ein Symbol wäre für das vorläufige Leben bei der Bahn. Nie hatte sie geglaubt, dass Fritz Kohnen innerlich bereits beschlossen hatte, nie mehr etwas anderes anzufangen.

Fritz Kohnen hatte sich nicht entwickelt. Alles war geblieben wie es gewesen war. Elfriede sah ihn noch, wie er aus dem Zugfenster schaute, das rötliche, kurze Haar im Wind; nichts schien es zu geben, was er nicht erreichen könnte. Er winkte ihr, er war auf dem Weg in den Arbeitsdienst. Siebzehnjährig, schien er selbst wie der Anfang eines großen Abenteuers in Person zu sein. Nun lag er da, versteinert, das Fragment eines Menschen. Seine Tränensäcke bewegten sich nicht. Schreckliche Aussichtslosigkeit ging von ihm aus. Als sei ihr Weiterleben durch Schranken versperrt, ähnlich den seit Wochen unbewegten Schranken des Bahnübergangs.

Man hatte sie herabgelassen, sie waren federnd niedergegangen, eingerastet, und da waren sie geblieben. Elfriede stand wieder auf, ging umher, döste im Lehnstuhl am linken Fenster, sah die offenen Türen des Hauses, die nirgendwo mehr hinzuführen schienen. Und wenn auch die Krankengymnastin gegen 17.00 Uhr käme, so war das Leben doch wie stillstehende Luft.

Als Kohnen allmählich wach wurde, fühlte er sich sehr gut. Er kam hoch aus sanftem Aufdämmern, hielt die Augen längere Zeit geschlossen. Er hatte geträumt, und seine Krankheit war in diesen Träumen nicht vorgekommen. War tief in seiner Jugend angelangt, fuhr nach Norden in den Arbeitsdienst. Auf eine Insel in der Nordsee, von der er nie gehört hatte. Stand am Zugfenster, winkte, stellte sich vor, er winke einer anderen als Elfriede, die nur einige Meter hinter seiner Mutter, hellblond, zwischen schwatzenden, winkenden Menschen, ihre Arme synchron hin und herschwenkte.

Die junge Frau, die er da sah, war älter als Elfriede. War dunkelblond, sanft und melancholisch. Und natürlich passten sie nicht zusammen; er war siebzehn und Elfriede hatte sechzehn sein müssen, höchstens siebzehn, aber

Helene war sechs Jahre älter, denn etwas anderes wusste er nicht von ihr, als sie sich erst 1943 kennenlernten, mitten im Krieg. Als sie die in der *Barriere* eingerichtete Volksküche leitete. Ein Jahr nachdem er an den Posten gekommen war.

Eines Nachts, die Entwarnungssirenen hatten gerade aufgehört zu schreien, klopfte sie kurz und heftig an die von der Straße nicht einsehbare Scheibe, die zum kleinen Bahnhof hin völlig im Dunkeln lag. Kohnen stutzte, sie machte diese eilige Handbewegung, er öffnete die Tür, aus der das matte Licht in die Nacht fiel und sah sie fragend an. Aus ihrem Mantel kamen die Hände mit dem metallenen Essgeschirr, einem grün gestrichenen Henkelmann, an dem die Tarnfarbe abblätterte und stellenweise hellsilbrige Flecken preisgab. Er hatte diese Frau in der diagonal hinter dem Übergang liegenden Schänke oft gesehen und sich seine Gedanken gemacht.

Was ist das, hatte er gefragt, ist was passiert?

Für Sie, sagte sie, essen Sie, es ist heiß.

Große dunkle Augen hatten ihn kurz fixiert, wie Nachtsonnen, und dann war sie wieder in der Dunkelheit verschwunden. Fritz Kohnen war aus dem Trott geraten und als das Telefon läutete, hätte er beinahe den Telefonhörer nicht rechtzeitig abgenommen. Kurze Zeit später hatte er den Henkelmann geöffnet. Der Erbseneintopf hatte äußerst verlockend gedampft. Seitlich, in einem schmalen Metallbügel, steckten ein Messer und ein Löffel. Er hatte den Henkelmann neben sich auf die Ablage gestellt, sich hin und wieder hinabgebeugt und einen Löffel der dicken Suppe genossen. Er war 25 und seit fünf Jahren verheiratet. Elfriede würde jetzt schlafen und die außerplanmäßige Mahlzeit nicht bemerken, aber man konnte nie wissen. Seine großen Frontfenster waren schließlich einsehbar, wenn auch eingeschränkt. Nun erst bemerkte er den kleinen Zettel, der noch mit dem Messer im Bügel steckte.

Guten Appetit wünscht Helene Neusser! Das Essgeschirr hole ich später wieder ab. Psst!

Seither hatte er gewartet, je nach Dienst den Tag abgesucht oder in die Nacht hinausgestiert, um sie zu sehen. Er hatte nicht viel Bewegungsfreiheit. Elfriede wusste genau wann sein Dienst endete und wann er begann. Das war wie eine Uhr in ihr. Einige Male hatte Kohnen nach der Ablösung angeblich etwas besorgen müssen. War in die dampfende Volksküche gegangen. Nur wenige Minuten vergingen, bis er bei Helene anlangte. Er blieb nur kurz an der Tür stehen und sah Helene mit der weißen Kappe zwischen anderen Frauen wirken. Er konnte nicht bleiben, jeder kannte ihn, niemand hätte nutzloses Herumstehen erklären können. Er wollte sie sehen. Tat, als suche er jemanden. Ihre Augen trafen sich, er wollte, dass sie wiederkäme, dass sie nachts an sein dunkles Fenster klopfte und einige Worte mit ihm spräche. All das war streng verboten, doch Fritz hatte sich plausible Erklärungen zurechtgelegt, für den Fall der Fälle. Während des Krieges durfte er das Häuschen benutzen. Gott sei Dank, kontrollierte ihn so gut wie niemand. Fritz Kohnen war die Zuverlässigkeit in Person. In seiner Nase bliebe für immer der Geruch nach erhitzter Milch.

Immer wieder las er den Zettel. Vor allem hatte es ihm dieses *Psst* angetan, mit dem sie ihn zum Schweigen verpflichtete und gleichzeitig eigenes Handeln als illegitim und verschwiegen kennzeichnete. Das Gesicht hinter der dunklen Scheibe verfolgte ihn seither. Es kam vor, dass er Helene vormittags sah, wenn sie mit einer alten Tasche, zwischen zwei Bombenwarnungen, den Bahndamm überquerte, um irgendwo etwas Essbares aufzutreiben. Und manchmal sah er sie mit Bohnengestrüpp, einem Netz feuchter Kartoffeln, oder einem gelben Maisbrot unter dem Arm. Sie lächelte ihm auf eine Weise zu, die er als seelenverwandt erkannte. Niemand könnte das als Intimität zwischen ihnen auslegen. Sie winkte ihm aus ihrem Innersten heraus zu und gelangte direkt in sein Herz.

Während Kohnen sich noch aus der zumeist grauen, heute aber vielfarbigen Decke des Schlafes schälte, stand Elfriede schon vorm Herd und bereitete den Kaffee. Auch heute würde sie wohl nicht mit ihm sprechen. Und wenn, so würde sie ihn nur mit Vor- und Nachnamen anreden, was sie immer tat, wenn sie äußerst verstimmt war.

Fritz Kohnen, du hast mich tatsächlich betrogen, du begräbst unsere Ehe, zischte sie vor sich hin. Aber das konnte er nicht hören.

20

Sie hörte ihn im Garten. Durch die Scheibe der Hintertür sah sie ihn ruhelos irren. Bald war er am Vordertor, bald im spitzen Eck, bald an den Gleisen oder am Schuppen. Er kreiste. Schuldgefühl schickte ihn auf Umwege. Gelegenheit macht Diebe, dachte Elfriede Kohnen. Jedoch wann bloß habe ich ihm diese Gelegenheit gegeben? Er kann einfach nicht gespürt haben, dass meine Gedanken manchmal bei diesem Studenten aus der Stadt gewesen sind. Und ich war doch nicht verheiratet damals. Und später, diese Gedanken, bei all den Enttäuschungen, darf ich ... nicht einmal Gedanken haben? Oder habe ich ihn irgendwann vernachlässigt? Ach was, wieso suche ich bei mir? Oder sollte ich sagen: wie der Herr so's Gescherr? Hatte nicht Kohnens Vater die Dinge nie so genau genommen?

Kohnens Mutter hatte die Ausflüge des Vaters mit lächelndem Wissen kommentiert. Ich habe keine Angst vor neuen Besen, hatte sie zu Elfriede gesagt, als es einmal besonders dick gekommen war, die kehren zwar am Anfang gut, aber nach einigem Kehren ... sind sie eben auch nur Besen. Alle Männer wollen es. Kenne keine Ausnahme. Denn mit Spielzeug können sie sich ja nicht mehr abgeben. Elfriede hatte sich Gedanken gemacht, ihrem Fritz jedoch solche Eskapaden nicht zugetraut.

Er stand fern im spitzen Eck, die Hände nah am Körper, als sei er da endgültig zum Stehen gekommen. Setzte sich urplötzlich auf die alte Bank aus ausgedienten Schwellen, die er selbst gemacht hatte, blieb lange Zeit starr. Stand dann abrupt auf, ging in die Mitte der sternförmig ausgelegten Schwellen, zwischen die er hellen Kies geschüttet und dann fest planiert hatte. Die Pflanzen umkreisten den Stern in Buschhöhe. Kohnen stand da, als empfinge er unausrottbare Bilder. Nacheinander gingen seine Hände hinauf zum Kopf, kreisten da und fielen mutlos wieder herab. Es war ein Elend. Und mit einem Mal glich er einer Lok im Zentrum der Drehscheibe, die in keine Richtung mehr führe, weil sie auf einem neutralen Punkt gefangen blieb. Zwischen zwei Anschlüssen, die noch mindestens zwei Richtungen suggerierten, aber keine wirklich mehr einlösen konnten.

Elfriede stand an der offenen hinteren Tür zum Hof, wo sie den Ellbogen auf der Klinke spürte und die linke Hand in der Hüfte. Es war ihre gewohnte Haltung, doch zum ersten Mal nahm sie deutlich wahr, das sie sich selbst beobachtete bei überflüssigen affektierten Bewegungen. Bald vergaß sie das wieder und gab nur acht, dass Fritz sie nicht sah. Er ging zum Zaun, stolperte. Fast fiel er hin, blieb in halb hängender Haltung über dem Schwellenzaun. Ein Fernzug zischte vorüber, riss gelbliche Haarsträhnen mit in seine Richtung. Sie lief hin, holte ihn wortlos in die Küche. Kohnen keuchte schwer und sah sie nicht an. Als er auf dem Küchenstuhl zu sich kam, senkte er den Kopf. Er atmete schnell. Sie fühlte einen unbekannten Ekel, dessen sie sich schämte. Stand auf, wusch sich die Hände. Und dann wusch sie sie sofort noch einmal, als wolle sie etwas Ungehöriges abwaschen.

Malzkaffee, sagte er leise, und schüttelte den Kopf.

Für Fritz war jeder Kaffee-Ersatz Malzkaffee. Elfriedes Gesicht blieb unbeirrt. Widerstandslos aß Kohnen den Toast mit Butter. Bohnenkaffee und Kuchen fehlten. Er beschloss es hinzunehmen. Nie mehr würde er sie in einem geblümten Kattunkleid sehen. Über Rosen oder Osterglocken gebeugt. Dass er nie einen Verweis erhalten hatte, nützte ihm nichts. Dass er fair gewesen und keinen Kollegen angezeigt hatte, selbst wenn dieser im Dienst auf dem Posten eingeschlafen war, das zählte nicht. Es nützte ihm nichts, dass er Menschen gerettet hatte, indem er mit Rasierschaum im Gesicht nahezu automatisch die Schranken heruntergedreht hatte, nachdem das scharfe Geräusch der Schwengel ausgeblieben war. Der eingeschlafene Kollege hatte am ganzen Leib gezittert. Fritz hatte es nur mit ihm abgemacht, eine gehörige Standpauke ausgeteilt, aber nichts bei der Bahn gemeldet, was er gemusst hätte. Hatte keine Ferien gemacht, aber viele Überstunden. Ja, er war rechtschaffen.

Er schlich zum Fenster, setzte sich. Fühlte sich wie ein eingesperrtes Tier. Aus beiden Augenwinkeln rann Wasser. Er dachte an die Anfänge, die Zeit der Karbidlampen, der roten, geschwenkten Fähnchen auf dem Bahndamm, heftig geläutete Messingglocken. Als könne er noch einmal bei null beginnen, malte er alles farbiger aus, als es gewesen sein konnte. Was sollte er auch anders machen?

Würde er jeder Anfechtung aus dem Weg gehen können? Hätte er am Ende besser Junggeselle bleiben sollen? Er, der gleichsam Vater und Mutter des Postens gewesen war, der seine Kinder geliebt, Elfriede immer versorgt und respektiert hatte, sollte am Ende seines Lebens wie ein beraubter Ehemann zurückbleiben, weil er den einen Fehler gemacht hatte?

Er hatte nicht nach Abenteuern gesucht. Helene Neusser war ein nie erwartetes Gesicht in der Nacht gewesen, das ihn fasziniert und nicht mehr losgelassen hatte. Ein einsamer Stern. Er hatte nicht gesucht. Natürlich hatte er Frauen nachgeschaut, und welcher Mann tat das nicht? Zigtausende Frauen hatten ihm vom Bahnübergang aus zugelächelt, doch er, Fritz Kohnen, hatte nur einen Fehler gemacht und sollte dafür büßen. Trauer erfasste ihn, und zeitweilig vergaß er die beängstigenden Arbeiter auf der Strecke, die sein ganzes Leben, den Übergang umkrempelten, bis zum allerletzten Stein.

Man hörte Polizeisirenen von der Hauptstraße. Krankenwagen und Feuerwehr rasten nach Süden. Es war, als überführen sie ihn, um ihn danach für immer einsammeln zu können. Fritz sah zum Posten, wo das Dach nun vollständig verschwunden war, das Licht auf die Holzbohlen fiel und da glänzte; mit einem gewaltigen Vorschlag-

hammer schlug der Schnäuzer-Mann nun Teile der Vor-
derwand weg. Es sah ganz so aus, als würden einzelne Bissen nach und nach fehlen, einem Hungrigen gehören, als
fresse ein Ungeheuer Kohnens Leben und seine Geheimnisse. Er saß aufgelöst da, wie ein verzweifelter Vater, der
seinem Kind nicht mehr helfen kann.

Auch Helene Neusser schien zu verschwinden, denn mit
Liebe und Leib war ja nun endgültig alles vorbei. Doch
durfte Kohnen sich seine Erinnerungen nehmen lassen?
Brauchte er sie nicht bis zum Ende? Oder töteten sie ihn
nachträglich ohne es zu wollen? Die Bahn, sein Haus, die
Straße und der überfallene schwerverletzte Posten, waren
wie eine Religion, wie ein Glaube, eine Sekte mit festem
Wohnsitz, der er einfach nicht mehr entkam.
    Und nun hören Sie die Nachrichten!

Elfriede ging langsam zum Hof, um ein paar Abfälle los-
zuwerden. Sie hatte bereits die Dreiuhrnachrichten gehört. Die Weltpolitik wurde zunehmend unverständlich.
Man könnte alles erreichen, was vernünftig war, tat es aber
nicht. Stattdessen machte man gefährliche Dinge, nur weil
sie machbar waren. Politiker gaben Antworten, die fast
niemand verstand. Hass und Gewalt nahmen zu und kamen näher. Krieg schon im Vorgarten. Hatte man all das
nicht schon einmal erlebt? Die Naziganoven gingen ihr
durch den Kopf. Selbst sonntags in der Messe standen sie
in schwarzen Ledermänteln, mit verschränkten Armen.

... und nun bittet die Polizei noch einmal um Ihre Mitarbeit!

Sie kriegte es nur am Rande mit.

... Morde an Kindern reißen nicht ab. Erneut wurde heute Morgen die Leiche eines Kindes in einem Wald bei Bochum gefunden. Es handelt sich dabei um die dreijährige Karen Schmidt, über deren Verschwinden wir berichteten. Der Mörder muss sie bereits unmittelbar nach dem Verbrechen dort vergraben haben ...

Elfriede hörte, wie etwas Großes lärmend zerbarst. Sie rannte ins Haus und sah Fritz mit erhobenen Armen mitten in der Wohnküche stehen. Auf dem Boden das silbrige Kofferradio, in zahllose Teile zerschmettert. Kohnen sah aus wie ein Irrer. Sie blickten sich an. Sie müsste unbedingt den Arzt rufen. Fritz Kohnen war offensichtlich von Sinnen. Eine metallene kleine Feder sprang unerwartet nachträglich, mit einem kurzen endgültigen *Pling,* aus ihrem zerfetzten Rahmen. Wirkte wie ein lauter Einschlag in die Stille, in der jetzt beide mit offenem Mund verharrten.

21

In dieser Nacht würde Fritz Kohnen, koste es was es wolle, noch einmal hinausgehen zur Schranke. Er wollte die Reste seines Postens sehen, er musste verhindern, dass an dieser Stelle nur noch Erde oder Asphalt bliebe. Wenigstens den Sockel, das Fundament, sollten sie dort stehen lassen. Musste man ihm nicht den endgültigen Zugriff auf das Herz seiner Sache ersparen?

Elfriede schlief schlecht die letzten Nächte. Kohnen zerkleinerte eine Schlaftablette mit einem kleinen Hammer und nahm das Pulver aus dem Blechdeckel der alten Tabaksdose, in der er nun Nägel verwahrte. Er würde es in eine der beiden Tassen Diät-Kakao einrühren, die Elfriede nun jeden Abend trank. Werkzeug gäbe es da draußen genug. Lärm durfte er nur machen, wenn die Nachtzüge fuhren. Und die kannte er so genau wie kein anderer. Einige der Züge fuhren sehr langsam und schienen endlos lang. Er kam wach aus dem Schuppen.

Kurz vorm Abendessen sagte Kohnen: Ich möchte schwarzen Tee!

Noch immer schwieg Elfriede eisern. Sie schüttelte hölzern und missbilligend den Kopf. Ihre Antwort hörte Kohnen jedoch nicht, denn es gab ja keine Antwort. Doch sah er sie förmlich und sie lautete etwa:

Schwarzer Tee, du lieber Gott, was soll das denn, dann kannst du ja nicht schlafen!

Gerade das wollte er! Er ließ sich in Trauer zusammensacken. Sah Elfriedes Schulterzucken und das gleichzeitige Schließen ihrer Augen. Das hieß Resignation. Sie würde den Tee machen. Diskutierte nicht mehr mit dem harsch schwankenden Kopf. Na also! Während sie in der Toilette war, rührte er das Pulver ein.

Kohnen lag lange wach. Irgendwann hatte Elfriede es aufgegeben, ihn zu beobachten und war schließlich eingeschlafen. Die zweite Tablette, die sie genommen hatte wie jeden Abend, würde sie endgültig schlafen lassen. Und wenn sie schlief, dann schlief sie.

Gegen 2:00 Uhr zog Fritz Kohnen den Mantel über den Schlafanzug und erreichte seinen dunklen Posten. Zwei rote Warnlampen glühten, mit Drähten befestigt, an den herabgelassenen Schranken. Kohnen umging den Schrankenkopf, gelangte hinter die Reste seines Postens, der nur noch knapp einen Meter über seinen Sockel hinausragte. Er fror, er zitterte, hockte sich schwerfällig hin und immer wieder, wenn Züge passierten, stieß er mit dem Stiel einer Schaufel gegen den unteren Sockel, von dem sich auch nach fünf Zügen nur der Putz löste, den er selbst dort angebracht hatte. Schweißnass hielt Kohnen inne, lauschte in die Nacht. Sein Körper wollte zerreißen. Seine Hände und Augen vibrierten gewaltig und mit Mühe erkannte er den leeren dunklen Platz, schräg hinter dem Übergang und der kleinen Anliegerstraße, wo auf der Ecke die *Barriere* gestanden hatte. Da wo Helenes rundes Dachfenster gewesen war, brütete jetzt nur Dunkelheit über der einzigen Linde, die man dort hatte stehen lassen müssen.

Er hatte keine Kraft mehr. Noch zwei längere Züge kämen und dann käme nichts Brauchbares mehr bis gegen 5:30 Uhr. Er musste es einfach schaffen, hieb so stark er konnte gegen den hohlen Sockel, und es war, als höre Kohnen das dunkle Herz seines Lebens schlagen. Und wenn er es noch schaffen würde, wenn er alles erledigt hätte, wäre er am liebsten draußen im Ländchen begraben worden, wo wilder Hafer, Wicken, Stechginster, Hahnenfuß, Hyazinthen, Wachholder und Schlehengestrüpp abwechselnd, oder auch miteinander, ein zügelloses Leben eingingen.

Als der letzte Zug vorüber war, hörte Fritz Kohnen nicht auf, gegen den Sockel zu stoßen, konnte nicht aufhören, und diese Stöße hallten dumpf. Doch außer zentimeterdickem Putz bewegte sich nichts. Die Nacht war grau und hatte kein Herz, und selbst die nun sichtbar werdenden roten Ziegel waren in dieser Dunkelheit nichts als ein hässliches Schmutziggrau. An der Ecke der ehemaligen *Barriere* hielt ein Streifenwagen. Sie kamen herüber. Sie erkannten ihn. Sie sahen entsetzt aus und hoben ihn auf.

Herr Kohnen, was machen Sie denn hier?

Mein Posten, hauchte er ... mein Posten ...

Wir bringen Sie nach Hause. Das geht doch wohl so nicht!

Um Gottes ... Willen ... meine Frau ... darf nichts merken. Ich bin ... ganz in Ordnung, ich gehe ... allein ... nach Hause ... entschuldigen Sie ... Ich ... mein Posten ...

Kohnen ging schließlich ins Haus. Beide Polizisten nickten, beobachteten ihn noch eine Weile, liefen zurück zu ihrem Wagen. Sie fuhren ab, und würden eine Weile über den tragischen Fall dieses Fritz Kohnen sprechen, dessen Leben ein Schrankenwärter-Posten gewesen war.

Können Sie sich vorstellen, Meinecke, dass Sie sich, wenn Sie einmal pensioniert sind, nachts in einen ausgedienten Streifenwagen ohne Räder setzen, um dann daran herumzubasteln?

Da wüsste ich aber was Besseres, sagte der andere, lachte und suchte nach seinen Zigaretten.

Vor McDonalds stiegen sie schon wieder aus, um zwei Streithähne mit Rucksäcken nach ihren Papieren zu fragen. Es schien, als würde e dauern.

Die Tage glichen sich aufs Haar. In den Vertiefungen der Bürgersteige stand Wasser. Regen schnürte gegen Scheiben und Fensterbleche und verursachte Aufruhr in den Wasserlachen. Tropfen sprangen wie unruhiges, farbloses Blut. Der Türke, in der Tür seines Gemüseladens, runzelte die Stirn. Kaum ein Kunde bei diesem Wetter. In der Schuhreparatur hockte der alte Braune alterskrumm und hielt überstehende Sohlen gegen rotierende Scheiben. Alle in dieser Straße waren freundlich zu Kohnen.

Die Dachpfannen des Anbaus gegenüber glänzten silbrig und wurden jetzt heller. Elfriede raffte ihre Marktkörbe, verließ das Haus, zeigte in Richtung Markt, sagte aber nichts. Es war nicht mehr wichtig, dass er früher für gewöhnlich nicht immer sofort einverstanden gewesen war. Eine seiner vielen Eigenarten. Sie ging einfach. Sie sagte auch nicht: Du bleibst mir aber am Fenster, oder gar: Aber nicht, dass die Mäuse tanzen, wenn die Katze das Haus verlässt!

Sie legte noch die Zeitung auf den Küchentisch und verschwand. Um diese Zeit hatte Kohnen sie normalerweise längst gelesen. Er sah nur die Überschriften der Titelseite und ließ sie achtlos liegen. Er fühlte sich erschlagen von der Nacht. Die Luft war mäßig asphaltfarben, so dumpf wie sein ganzer Körper, sein Geist, das Herz und sogar seine Gefühle. Das Licht war nachgesackt. Fritz Kohnen glaubte sich hohl und leer, als wären Leben und Vergangenheit niemals gewesen. Das Telefon läutete. Er begriff nicht so schnell, ließ es einfach läuten. Ohnehin käme er nicht rechtzeitig.

Elfriede stellte beide Körbe prustend ab. Er mochte es nicht, wenn sie sich aufspielte. Sie wischte den Schweiß ab, begann die Körbe auszuräumen. Kohlrabi, Äpfel, Bananen, Kopfsalat, Lauch, Nektarinen und Kartoffeln.

Ach, Frau Schmallberg kommt am Nachmittag vorbei, sagte Elfriede. Die Frau hat auch ein sehr schweres Leben gehabt. Jahrelang in der Küche auf einem Dampfer. Ist

lange her. Du wirst dich noch an sie erinnern! Ja, und wir
können ja schließlich nicht schweigen vor ihr. Nur deshalb rede ich. Aber das eine sage ich dir, Fritz Kohnen, mach so was nie wieder. Und ein paar andere Dinge müssen da auch noch besprochen werden. Glaube nur nicht, dass du mir so einfach davonkommst, mit all deinen Lastern! Sie kommt zum Kaffee. Du müsstest sie jedenfalls vom Sehen kennen. Hat früher um die Ecke gewohnt.

Wasserwolken schwappten über den Kaminen. Sonnenlaken legten sich dünn ins Zimmer. Raureif bemalte die Dächer. Elfriede schwieg bis zum Nachmittag, setzte das Unwetter zwischen ihnen fort. Bis zum Klingeln gegen 16.00 Uhr. Bis Kohnen in der ältlichen Frau Schmallberg jene Helene Neusser erkannte, die nun über vierzig Jahre älter war und die er seit über dreißig Jahren bis zu jener Nacht nicht mehr gesehen hatte.

22

Mitten in der Wohnküche sackte Fritz Kohnen zusammen. Es waren die Augen. Ihre Augen, in denen noch immer Reste waren aus der Zeit ihrer leidenschaftlichen Affäre, die immerhin fast zwei Jahre gedauert hatte. Die beiden Frauen hoben ihn langsam auf. Sie zogen ihn zum Bett, legten ihn flach hin, wo er bald auf der stark geblümten Steppdecke wieder zu sich kam. Elfriede war in die Küche gegangen, wo sie etwas vorbereitete.

Ein kleiner Schwächeanfall, rief sie. Das kennen wir schon!

Ja, sagte Kohnen, ein kleiner ... Schwächeanfall.

Keine Angst, flüsterte Helene, wir kennen uns nicht näher, von mir erfährt niemand etwas. Beruhige dich also!

Sie nahm seine Hand.

Helene, sagte er, ich ... ich ... mein Gott ... wo ... wie ... deine Hände ...

Kohnen schloss die Augen, er dachte an Bahnreisen, die er kostenlos hätte unternehmen können und die er nie mehr unternehmen würde. Von einer dieser Fahrten wäre er einfach nicht wiedergekommen. Er hätte sich all die Aufregungen erspart, den Posten, auch Helene ... Er war froh, jetzt liegen bleiben zu können. Seine Hände zählten und zauderten, sie drehten und kreisten; die angefangene Wand würde er auf jeden Fall noch fertig verputzen ...

Irgendwann. Eigentlich war es die Wand des Nachbarn. Es gab noch so viele unfertige Wände ...

Er sah sich im Steinbruch, unter der ungerechten Aufsicht eines Vorarbeiters, er sah sich im Arbeitsdienst, überall sah er sich, nur nicht zu Hause. Seine Gedanken wanderten, kreisten auf der Drehscheibe des Lebens, kamen nirgendwo richtig an, und Helene Schmallberg, die früher Neusser hieß, saß in seiner Wohnküche und plauderte mit seiner Frau Elfriede, die er mit ihr so lange betrogen hatte. Dennoch, Helene war auch ein Teil seines Lebens, ein Teil seiner Fehler, die er gemacht hatte. Eines Fehlers, zu dem er sich jedoch nur allein bekennen konnte. Nur sich selbst konnte er beichten. Sie war diskret und verschwiegen; nie würde sie ihn reinreißen.

Fritz Kohnen war erschüttert und froh, er war ängstlich und er litt unter einem Schock. Denn Helene war nun fast achtundsiebzig, ein Umstand, der doch einfach nicht sein konnte, etwas, das seine Bilder zum Einstürzen brachte. Denn niemals seit Kriegsende hatte er sie anders gesehen, als mit dreiunddreißig Jahren. Mit zweiundvierzig hatte sie noch geheiratet und war bald weggezogen. Neun lange Jahre hatte er sie nur ein oder zwei Mal jährlich am Bahnübergang unter einem großen Hut gesehen. Sie hatte gelächelt, ohne zu winken. Danach hatte er nie wieder von ihr gehört. Nicht einmal ihren neuen Namen hatte er gekannt. Dann hatte er sie für immer und ewig in seinem Gedächtnis eingeschweißt.

Und jetzt, mit einundsiebzig, der Schock mit dem Posten. Wer hätte je damit rechnen können? Nun war sie hier, er wusste noch nicht einmal alles von ihrer Geschichte, sie war hier, obwohl sie seit dreißig Jahren in ihm starb, seine große Liebe, die nur noch eine alte Frau war, etwas dicklich, etwas gedrungen, lediglich in ihren Augen eine Spur Leidenschaft, die wohl erahnen ließ, wie sie einmal gewesen war.

Friede, rief er, Friede, warum holst du keinen Kuchen?

Aber ich habe doch selbstgemachten ...!

Ach so ... dann ist es gut. Ihm hatte sie nichts angeboten.

Willst du auch?

Nein, nein, ich liege ja.

Obwohl Fritz Kohnen lag, fühlte er das Gleichgewicht schwinden. In seiner inneren Schalttafel setzte Rumoren und Arbeiten ein, er war ein dumpfes Relais, das nach keinerlei greifbaren Gesetzen arbeitete. Er schlief erschöpft ein, er sank, er sah sich in Laufgräben, mit jener unterirdischen Verteidigung beschäftigt. Er schrie, er rief, doch ehe noch seine Sprache ankam, musste sie unglaubliche Umwege auf sich nehmen, berührte fremde Stationen, und bevor man ihn hätte retten können, war der Krieg verraucht und alle Retter längst im Frieden. Nur er lag noch immer auf einem vergessenen Schlachtfeld, wo der Boden zu hart war, wo er allmählich selbst austrocknete und zu der ihn umgebenden Erde wurde.

Weißrote Schranken grenzten ihn ein, doch fuhren keine Züge durch die Wildnis. Ein wahres Schlamassel. Über sich sah er kreisende Wipfel, aber als er erwachte, waren da nur Elfriedes Haare, die sich mit dem strengen Kopf über ihm bewegen.

Ich soll dich grüßen, sagte sie kurz. Frau Schmallberg ist gegangen. Sie hatte auch ein schweres Leben. Sie wird noch einmal vorbeikommen, wenn es dir besser geht. Und vielleicht kannst du uns dann Gesellschaft leisten. Ich bestelle das alles nur!

Friede, sagte er langsam, lass ... lass uns reden!

Es gibt nichts zu reden. Aber wenn du das noch einmal machst, du weißt was ich meine, dann ...

Ich weiß nicht ...

Du weißt es genau, im Schlafanzug nachts auf die kalte Straße!

Ach, das meinte sie. Er hatte schon gedacht sie würde vielleicht sagen: Die Polizei musste dich schließlich aufgreifen!

Ach so, sagte er vorsichtshalber! Woher weißt du ...?

Woher weißt du, woher weißt du? Habe dich doch schließlich hereingeholt! Noch einmal draußen herumlaufen, während der Nacht, im Schlafanzug, und alles aufs Spiel setzen, was ich am Tage an dir aufbaue, dann sage ich, bitteschön, wie man sich bettet so liegt man. Ich dachte immer, durch Schaden würde man klug, aber nein, Fritz Kohnen hat ja seine eigenen Gesetze. Der braucht nichts anderes. Aber ich sage dir, auf Regen folgt keine

Sonne, wenn du so weiter machst. Dann kommt's nur noch schlimmer und du kannst so liegen bleiben, wie du dich ...

Friede, bitte, ich muss ...

Nichts musst du, ich weiß ohnehin alles über dich. Der Apfel fällt ja nicht weit vom Stamm. Das lass dir nur mal gesagt sein!

Was meinst du?

Ich weiß, was ich meine. Und du weißt auch, was ich meine! Ich habe auch wirklich genug geredet. Ich sage nichts mehr!

Kohnen lag mit gefalteten Händen und starrte an die Decke. Konnte sie etwas wissen? Was waren das für Andeutungen? Keine Urkraft zeichnete ihn mehr. Er war abgewrackt und wartete, dass man ihn weiter zerlegte. Hatte Helene etwa doch gesprochen? Gab es nicht diesen warmen Frauenklüngel, in dem die Herzen in Solidarität überliefen? Er stand auf und moserte herum.

Elfriede saß im Lehnstuhl. Ihr Blick blieb in der gegenüberliegenden Fassade hängen, wo die Frau des Friseurs am Fenster stand und im offenen Kittel auf die Straße stierte. Was mochte die für gravierende Probleme haben. Mit wem schmuste sie herum? Sagte man nicht, dass ihr Mann es auch mit Männern hätte? Jedes Fenster ein Schicksal. Auf jeden Fall hatte sie selbst genug Schicksal für eine Person. Sie dachte an die raffiniert eingeschweißten Geheimnisse und war sich nicht sicher, ob sie noch alles genau wissen wollte. Der kindische Kasten mit dem eingebrannten Kreuz im Deckel. Wollte Fritz Kohnen etwa seine Vergangenheit, seine Schuld, seine Fehler begraben? Fritz und Symbolik. Schloss das einander nicht aus? Oder kannte sie ihn einfach nicht gut genug?

Friede?

Ja?

Du verlässt mich doch nicht?

Schweigen.

Sage mir ... sag ... was du mir vorwirfst!

Aber sie lächelte nur. Sie würde ihre Funde nicht zur Sprache bringen. Ihn schmoren lassen wäre Strafe genug. Und ihr Lächeln sah er auch nicht. Stattdessen sagte sie nach einer langen Pause:

Stell dir mal vor, man hätte dich in dieser Nacht draußen in deinem Schlafanzug gesehen! Erinnerst du dich an die Frau, du weißt doch noch, die immer nachts von zu Hause, von ihrem Mann, weglief und im Sommer wie im Winter hier durch unsere Straße irrte, völlig aufgelöst, nur im Nachthemd, bis man sie eines Tages für verrückt erklärte. Ihr Mann hat noch kräftig dabei geholfen. Sie hatte lange Haare und war sehr hübsch. Du musst dich an sie erinnern. So kann man auch einmal enden. Und die war noch dazu völlig unschuldig.

Ja Friede ... ich ... ich habe keine Erklärung ... ich kann es einfach nicht ... lass mich hier bei dir Friede. Ich will ... hier, zuhause, sterben. Alte ... alte Bäume kann man nicht ... mehr verpflanzen.

Elfriede schwieg. Und Fritz wartete ihre Antwort nicht ab. Er dachte an Helene und konnte nicht aufhören. Sah das Stiegenhaus, durch das er im Dunkeln zu ihr gelangte. Das kleine Zimmer mit dem runden Dachfenster, die endlos scheinende, aber kurze Leidenschaft jedes Mal, ihr so heller, fröhlicher Körper, mitten im Krieg. Von ihrem Fenster aus sah man den Posten in der Diagonale dämmern und rechterhand, hinter den Schienen, sein nächtliches, flaches Wohnhaus, in dem Elfriede ahnungslos schlief.

Und Kohnen wollte aufbrechen in einer unerhörten Wallung, aber er konnte kaum vor und nicht zurück, und zurück in die Vergangenheit schon gar nicht, er blieb in nächtlichen Stiegenhäusern stecken und müsste für immer dort bleiben. Obwohl er am Ende seines Lebens nichts anderes mehr wollte, erschien ihm das Haus, sein jetziges Haus. als tauber Stern, in dessen Mitte er nun langsam und stetig verbrannte.

Er dachte an Elfriede und dass er dieser selbstlosen Frau nichts vorwerfen konnte. Und er war weder Großkotz noch Ganove, er war rechtschaffen gewesen und war es immer noch, hatte niemanden abgezockt und war nie im Knast gelandet. Der Bahnwärter Fritz Kohnen durfte von ihm selbst bewundert werden

23

Das Gemüse tropfte auf dem Ablauf. Die linke Wohnküchengardine war schräg hängen geblieben. Samstag. Der Bahnposten lag sonderbar kahl, ein Skelett. Rechts, neben dem Schrankenkopf, duckte sich der Haufen zerrissenen Mauerwerks. Obenauf verkümmerten einzelne altrote Ziegel. Zwischen den Gleisen auf dem Übergang wollten sie eine Art Hartgummibelag anbringen. Schwarz,

Kohnen erinnerte sich, dass damals wenige Ziegel angeblich ein ganzes System in Frage gestellt hatten. Damals, als er im Steinwerk gearbeitet hatte. Doch es gab kein *Damals* mehr. In der fraglichen Nacht, als die Polizisten ihn ausfindig machten, hatte er nicht einmal drei Steine herausbrechen können. So viele wie der Ausschuss. Damals hatte Fritz Kohnen Normen übererfüllt. Jetzt war er alt, hinfällig, nutzlos, ausgezehrt und grau. Wer könnte ihn heute noch – wie damals – abstrafen? Beim Auftauchen aus einem anderen Leben, aus der schummrigen Ferne seiner Jugend, erkannte Kohnen, dass diese verirrten Ziegel da draußen, vom Sockel seines Postens stammen mussten. Man setzte nun zum letzten Schlag gegen ihn an. Würde nichts ruhen lassen. Würde nicht einmal symbolisch auf der Sockelfläche haltmachen. Wie leicht hätte man darauf ein Blumenbeet einrichten können. Eine niedrige, weiße Mauer hätte auf dem Sockel ringsum genügt. Wäre eine schöne Geste gewesen. Und er hätte gewusst, dass all das,

was ihm dieser Posten bedeutet hatte, unter einem ge-
pflegten Beet, für immer seine Ruhe gefunden hätte.

Fritz Kohnen wurde jetzt erst wach, obwohl er doch längst
aufgestanden war. Verschaffte sich Bewegung im Hof.
Dort lief er im Dreieck des langgezogenen Grundstücks,
ohne einmal stehenzubleiben. Vielleicht ist ja das alles,
was mich bewegt, gar nicht wirklich aus meinem Leben,
dachte er. Vielleicht verursacht mir die Krankheit ja Erinnerungen, die gar nicht stimmen können. Vielleicht bin ich
nicht verantwortlich für meine eigenen Erinnerungen.

Sein Kopf war nun ganz wach. Er strengte sich kolossal an,
Ordnung in die bewölkten Bilder zu bringen. Vielleicht
wäre es besser, er läge draußen bei seinen Kameraden, auf
dem alten Zentral-Friedhof. Doch er wollte sich erinnern.
Stück für Stück. Nun, am Ende seines Lebens. Es musste
klappen.

Warum hörst du denn im Jahr 1943 einfach so auf, hatte
Elfriede ihn gefragt, und machst erst mit 1946 weiter?
    Ich kann mich nicht gut erinnern, hatte Kohnen nur ge-
sagt. Das kommt alles noch. Später.

Er ging ins Schlafzimmer, setzte sich dort aufs Bett. Er
nahm seinen Kopf in die zitternden Hände. Wollte am
liebsten, dass alles Frühere inzwischen zerfallen wäre. Die
Hände drehten und zählten in seinem Haar und sein Kopf
sagte ständig Ja. Und als er seine Finger im Haar arbeiten

fühlte, als ihm dies verdammte Ja-Sagen bewusst wurde, war er damit so beschäftigt, dass er ganz vergaß, woran er sich eigentlich hatte erinnern wollen.

Elfriede kam mit ihrem kühlen Waschlappen und wischte ihm durch das Gesicht. Sie befeuchtete sein Haar, zog die Gummibürste ein paar Mal von vorn nach hinten. Er zog wieder Grimassen.

Der Arzt kommt gleich, sagte sie. Du solltest mal zwei Tage im Bett bleiben, damit du wieder richtig zu dir selbst kommst! Oder schreiben. Ja, schreiben. Wenn du geschrieben hast, warst du ein anderer Mensch. Reiß dich bitte zusammen!

Doch Fritz Kohnen sah jetzt den glänzend lackierten Fußboden seines Wärterhäuschens, den er selbst alle paar Tage gewischt hatte. Seinen Block, von dem er manchmal kleine Zettel abriss, um sie mit einem Gruß heimlich in Helenes Postkasten zu werfen. Er sah diesen mageren Schreibtisch mit der schwarzen Platte, das Telefon, das man zu irgendwelchen privaten Anrufen natürlich nicht benutzen konnte. Sah links das dunkle Fenster, hinter dem zuweilen ihr Gesicht erschienen war, wo sonst nur Dunkelheit und fern die dünnen Lampen des Bahnhofs zu sehen waren. Sah mächtige, graue Kurbeln, sah die unter der matten Leuchte schimmernden Schienen.

Die schwarzweiße elektrische Uhr summte leise. Der große, schwarze Zeiger ruckte. Die Tischplatte glänzte wie wild.

Ist doch gut, dass wir uns nach all den Jahren noch haben, und dass es zwischen uns nichts gegeben hat, was uns je auseinander bringen konnte, nicht wahr Fritz?

Es war nicht lange her, dass seine Frau diesen Satz gesagt hatte. Auch den Pfarrer hörte er wieder, der scheinheilig schöne Worte entließ und sich an der tragenden Akustik der Michaelskirche berauschte. Auch er sprach unnatürlich, als sei alles gar nicht wahr und nie geschehen. Und mit einem Mal schien Fritz das eigene Haus ein riesiges hallendes Gebäude zu sein, in dem Elfriede verloren war. Schuld erfüllte ihn, aber er konnte ihr nicht helfen. Elfriede war in großer Gefahr, der Bahnübergang ging mitten durchs Haus, er konnte die Kurbel nicht loslassen, sie stand auf den Schienen, die Schlagbäume waren herabgelassen, D-Züge brausten näher. Er stand an Helenes Fenster, hielt vor sich ihren Körper mit dem hochgeschobenen Rock, während Elfriede verlassen dastand, einfach so, sie schrie nicht, und alle drei konnten sich nicht mehr bewegen. Und der Pfarrer segnete sie beide bei ihrer Trauung, trug ein schwarzes Gewand, schwarze Kapuze, in deren dünnen Sehschlitzen die unechten Augen blitzten.

Nein, nein, schrie Kohnen vom Schlafzimmer.

Sein Haar war wieder ganz wirr, das Gesicht eine öde missbrauchte Landschaft. Sein Kopf zuckte heftig, seine Hände suchten und fanden nicht.

Mein Gott, Fritz, komm zu dir, der Arzt kommt doch jeden Moment!

Ich träume ... so schlimm. Sogar, wenn ich wach bin!

Ach was, sagte sie, Träume sind Schäume ... vergiss das jetzt!

Ach, Friede?

Ja?

Ist ... ist dir das Hemd näher als der Rock?

Was soll das jetzt, Fritz?

Ich wollte es ja nur wissen.

Das Hemd ist doch immer näher als der Rock! Einfach so, sagte sie.

Der Arzt beschäftigte sich eine halbe Stunde lang intensiv mit Kohnen, schrieb etwas auf, schüttelte den Kopf bedenklich, seufzte und widmete sich Elfriede, ihrer Herzschwäche, ihrer Diabetes.

Ich habe Ihnen Kaffee hingestellt, dafür werden Sie doch Zeit haben!

Ist aber nett, sagte er, und packte das Stethoskop wieder ein.

Ist es normal, dass sie so werden? Ich meine, mein Mann ist ungenießbar die letzte Zeit; er macht nur lauter Dummheiten.

Nein, sie sind zwar oft depressiv, was man ja verstehen kann, kapseln sich ab, sind ein bisschen hölzern, kleine Schritte, das starre Gesicht, das kennen wir alles, aber ...

Ich versteh's nicht, Herr Doktor. Dauernd will er zum Bahndamm, hat Alpträume, redet vom Tod, geht sogar nachts raus, ohne was zu sagen. Hantiert am Bahndamm. Im Schlafanzug!

Schreibt er denn nicht mehr?

Wenig, flüsterte sie. Er war noch nie so merkwürdig.

Komisch, ja, er hat einen denkwürdigen Puls. Musste ihm heute eine Beruhigungsspritze geben. Das ist eigentlich unüblich. Aber wir Ärzte wissen ja bei weitem nicht alles. Bei weitem nicht

Ja, vielleicht, sagte sie.

Ich komme Montag. Und wenn was ist ...

Danke, Herr Doktor!

Mit Ihnen bin ich ganz zufrieden Frau Kohnen, obwohl das alles hier nicht leicht ist. Gehen Sie bitte gleich zur Apotheke! Ihr Mann muss das Mittel da unbedingt noch heute haben.

Ja, sagte sie, winkte kurz, schloss die Tür, lehnte ihren müden Kopf an die Garderobe und weinte.

Ach ja, zur Apotheke! Unbedingt. Und einen kurzen Augenblick lang dachte sie daran, einfach gar nicht mehr hinzugehen.

24

Schon früh saß Kohnen und schrieb. Ließ sich schwer leserlich aus über die Jugendkameraden der Straße, der Schule, des Arbeitsdienstes, der Bahn. Über Peter Heinen, der nie Glück gehabt hatte, nun aber in der ersten Reihe auf dem Friedhof lag. Er legte Anekdoten nieder, die ihm einfielen, die vielen tragischen und tragikomischen Umstände seines Lebens betreffend. Hatte er nicht noch Glück gehabt, verglichen mit anderen?

Kohnen schrieb, als schriebe er gegen die Zeit, gegen eine besondere Zeitrechnung. Als wäre er im Wettlauf mit irgendetwas, das er noch nicht erkannte. Für Elfriede war es bisher nicht so wichtig gewesen, was er schrieb, sondern nur, dass er überhaupt schrieb. Inzwischen sah sie täglich nach, ob er sich doch vielleicht die Jahre 1943-1945 vornähme. Denn da läge wohl der Hase im Pfeffer. Er gewann seinem Leben etwas ab, das hatte sie immerhin erreicht. Sah es weitgehend positiv, doch die weißen Stellen machten klar: er hatte gar keine Gedächtnislücken. Kohnen sparte bewusst etwas aus. Vermutlich hatte sie die Beweise in der Kiste auf dem Boden. Doch die waren sorgsam eingeschweißt. Wollte er sie gezielt quälen? Vielleicht würde sie ja nie Genaues wissen.

Zahllose Züge hatte er durchgelassen, zahllose Schrankenbäume betätigt, zahllosen Menschen hatte er Sicherheit gegeben. Konnte ein einziger Tropfen Gift das ganze Leben rückwirkend verseuchen? Fritz wollte ehrlich sein, doch zögerte er. Könnte sein vergangenes Leben ihn überhaupt noch einholen? Und wenn, hätte er noch etwas zu verlieren?

Bei mir, so hatte er geschrieben, hat es nie eine Unregelmäßigkeit gegeben, geschweige denn ein Unglück. Dabei wäre ein Unglück nicht verwunderlich gewesen, wenn man berücksichtigte, was sich in Spitzenzeiten, zwischen 17:00 und 19:00 Uhr abgespielt hatte. Immerhin waren dann durchschnittlich alle drei Minuten die Züge mit Geschwindigkeiten bis zu 140 Stundenkilometern über die Strecke gerast. Die Schranken konnten nur wenige Minuten geöffnet werden. Hätte ich nicht die Übersicht und einen klaren Kopf behalten, so hätte es sicher verheerende Unfälle gegeben. Da gab es keinen Zweifel.

Er hatte mit gewaltiger Stimme geherrscht und in Sekundenschnelle den Übergang geräumt. Er war stämmig gewesen, stets gut gelaunt und hatte Unzähligen die saftige Geldstrafe erspart. Ja so war's! Mit einem ruhigen Lenz hatte meine Arbeit wahrlich nichts zu tun, schrieb er.

Seine Elfriede war lebensklug. Und vielleicht, eines Tages, wäre die Bahn ja dankbar für eine Chronik, wie es sie bisher noch nicht gegeben hat. Nach einer Stunde war Kohnen erschöpft, aber sein Gesicht war von innen erleuchtet und Elfriede meinte, sein Lidschlag habe sich wieder verdoppelt.

Du musst, wenn schon, ganz am Anfang beginnen, Fritz, darfst nichts auslassen, hatte sie gesagt. Es muss alles ganz genau stimmen!

Sie beugte sich über ihn, erkannte noch mühsamer seine Worte, die kleiner und verzerrter waren als zuvor und zuweilen höchst merkwürdige Ausschläge zeigten.

Wer außer dir könnte das machen?

Er hörte sie ganz fern am Rande. Seine Tochter hatte zu Elfriede sogar vom Ei des Columbus gesprochen. Aber so, als habe er, Fritz, dieses Ei selbst gefunden. Hatte er sie alle damals mit Helene betrogen? Er blätterte zurück.

Von den Fahrdienstleitern am Güterbahnhof und am Reisebahnhof wurden abfahrende Züge über Telefon gemeldet. Ich notierte jeden von ihnen mit Kennnummer und Uhrzeit, vergewisserte mich nochmals auf meinen Fahrplänen und schloss zwei Minuten vorher die Schranke. Während ich dann die elektrische Signalanlage prüfte, klingelte die Vorweckanlage, die der benachbarte Streckenposten ausgelöst hatte. Ich meldete den Zug weiter, strich ihn von der Liste und kontrollierte ihn auf seine Sicherheit. Denn auch das gehörte zu meinen Aufgaben. Ich hatte darauf zu achten, dass Türen geschlossen, die Beleuchtung intakt, Ladungen nicht verrutscht und Achsen nicht heiß gelaufen waren. All das musste ich umgehend weitermelden.

Man hat gesagt, Fritz Kohnen bewältigt die Fülle seiner Aufgaben mit der Präzision eines Uhrwerks. Darum habe ich mich immer bemüht, wenn es auch stetig schwerer und anstrengender wurde. Früher fuhren Züge nur halb so schnell und da es auch weniger waren, konnten die Aufgaben leichter erfüllt werden. Dafür mussten die Schrankenwärter auch zwölf Stunden am Tag, für 67 Pfennige pro Stunde, bei Regen und Schnee, vor dem Häuschen in der Kälte stehen, damit sie nicht einschliefen. Doch das ist lange her.

Ach, das habe ich wohl alles schon mal geschrieben, sagte er laut.

Fritz Kohnens Kraft ließ nach. Er saß und schwieg. Sein Kopf hing herab, die Arme lagen auf. Der Bleistift zitterte in der rechten Hand. Er schlurfte zum Küchenschrank. Die Kredenz mit altweißer Spitzengardine döste spiegelnd. Zwischen Kaffee und Tee suchte er herum und fand nichts.

Was suchst du?

Meine Kladde.

Aber da liegt sie doch! Du hast doch gerade noch geschrieben.

Ja, sicher, klar ... ich dachte nur ...

Und auf einmal sah er Helenes Gesicht hinter dem Glas, konnte sich nicht losreißen. Und er wusste, er starrte nur auf die Kredenz. Immer wieder war sie nachts gekommen, hatte dies Lächeln dagelassen, das ihn ganz ausleuchtete und nicht losließ. Und dann hatte er irgendwann zwischen zwei Zügen die Straße überquert, war im Dunkeln die Treppe zum vierten Stock hinaufgerannt, hatte sie hinter der Tür an sich gerissen, sie hatten es dort im Stehen getrieben, manchmal legten sie sich auch schnell und der Puls ging wie verrückt. Und vom Fenster aus hatten sie den nächtlichen Übergang sehen können, mit den geschlossenen Schranken und erlebt, wie nach drei, vier Minuten die Züge hindurchgerast waren wie unberechenbare Ehepartner. Des Öfteren hatte Kohnen die Schranken früher geschlossen, um ein paar Minuten mehr herauszuholen. Es hatte einige Beschwerden gegeben, die er indessen geschickt entkräften konnte.

Heilte die Zeit tatsächlich alle Wunden? Oder war das alles nur eine Erfindung, eine von diesen Bauernregeln, die zufällig auch stimmen können? Und wenn, heilte sie nur die eigenen Wunden oder auch die, die zwangsläufig den anderen entstehen, gleich mit? Denn das hätte er gewollt. Ja, das hätte er gewollt.

Kohnen ging zum Küchensofa und vergaß, die Glastür der Kredenz zu schließen. Sie waren höflich miteinander. Sie sprachen miteinander. Doch war Elfriede sparsamer als sonst. Sagte nur das Notwendigste. Nicht etwa: was mauschelst du denn da herum? Was ist das den wieder für ein Schmu? Ich glaube, es muss mal wieder Zoff geben.

Kohnen überlegte schon einige Zeit, wie er ungesehen zum Dachboden hochkäme, um diese Briefe verschwinden zu lassen. Das wollte er Friede unbedingt ersparen. Noch stand die Leiter da. Friede sollte niemals davon erfahren, nie die Geschichte mit Helene, nie seine damit verbundenen Kümmernisse. Das hatte sie verdient.

Elfriede stand am Herd. Rührte kräftig den Bohneneintopf. Sie fühlte ihr Herz. Die Uhr tickte lauter als sonst. Das trübe Licht machte ihre Novembergefühle noch viel dumpfer.

Am Wochenende kommen die Kinder, sagte sie fahrig. Das ganze Leben ist ein Eintopf, rief sie.

Hm, machte Kohnen, und dachte an Helenes weißen Leib, der jetzt nur noch so etwas wie ein weicher, hell aufgeschäumter Schwamm war.

25

Aufgeschoben ist ja nicht aufgehoben, dachte Elfriede und überlegte, was sie anziehen sollte.

Ich gehe nachher zum Friseur, rief sie, ohne Fritz zu sehen, du weißt ja Bescheid.

Ich kann Fritz nicht schonen, dachte sie. Ich kann mich auch nicht schonen. Ich muss genau wissen was hier läuft. Die Briefe, die Bilder, dieser mysteriöse Kasten. Und wenn alles geklärt ist, zwischen uns, dann gehen wir ans Aufräumen. Wo gehobelt wird, da fallen schließlich Späne. So kann ich jedenfalls nicht leben. Ist nicht der Hehler so gut wie der Stehler? Nein, ich muss mir in die Augen gucken können.

Fritz lungerte im Schuppen herum, seiner Werkstatt, wusste nicht, wo er seine Hände lassen sollte. Dafür saßen seine Gedanken auf Helene fest. Er wusste, wo sie wohnte. Er hatte im Telefonbuch nachgeschaut. Konnte er sie früher vom Wärterhäuschen aus sehen, in einer diagonalen Linie hinüber zum Eckhaus der *Barriere*, so wohnte sie jetzt in der anderen Diagonale. Die beiden ausgebauten Fenster ihrer kleinen Dachwohnung sah er, wenn er sich anstrengte, von seinem Wohnküchenfenster aus, schräg gegenüber, hinter seinem Bahndamm. Es war das Eckhaus, das der ehemaligen *Barriere* genau gegenüber lag.

In dem gelbgestrichenen Haus mit viel repariertem Stuck gab es unten links die kleine Schnellreinigung und rechts den Schlüsseldienst. Es war nicht weit. Er könnte es spielend schaffen, bis Elfriede vom Friseur zurück wäre. Jetzt gälte wohl auch für ihn, wie für Helene, dass der Täter immer an den Ort der Tat zurückkehrt. Es war seltsam, dass sie wieder hier wohnte, so nahe bei ihm. Aber im Alter sucht man den Anfang, dachte er. Doch vielleicht ging es dabei gar nicht um ihn.

Ihn konnte nichts und niemanden mehr retten. Viel eher würde es so sein, dass den Letzten die Hunde bissen. Und er wäre wohl der Letzte. Nur wenn es viel Gebell gäbe, hätte er eine Chance. Denn Hunde die bellen, beißen ja nicht. Aber die für ihn bestimmten Hunde würden nicht bellen. Sie würden sich verschwiegen und hinterrücks an ihn heranschleichen, sofort zubeißen, ihn reißen wie ein Stück Wild. Er stand an einem beliebigen Punkt seines dreieckigen Gartens und es war, als fände er den Ausgang nicht.

Fritz, du hast nicht geschlafen. Ich sage es nicht noch einmal!

Ich schlafe nicht mehr!

Na, irren ist menschlich, sagte sie, ich dachte du hättest endlich einmal alles begriffen.

Er begann den Schuppen aufzuräumen. Stellte die Bretter nach Größen hin, sammelte herumliegende Nägel und Schrauben auf, richtete Bleche und Leisten aus. Dann reinigte er mühsam Werkbank und die Arbeitsplatte, wobei ihm zum Schluss Nitro-Verdünnung in einen Riss am linken Zeigefinger geriet. Und Kohnen beschloss aufzuhören und am Vorderfenster Platz zu nehmen. Eigentlich war er längst fertig. Er sah das Flackern der zweiten Neonröhre, machte eine wegwerfende Handbewegung und drehte den Schlüssel herum.

Warum ging sie nicht? Wollte sie nicht zum Friseur? Er sah unklare Aquarelle um sich herum. Seine Finger erkannten die Stuhllehnen. Er wollte Friede nicht fragen. Seine Augen wurden lethargisch. Den Kaffee hatte er nicht erwähnt. Und er würde ihn auch nicht erwähnen. Seine Augen schwammen. Er sah nichts mehr. Na gut, war sein

Leben nicht verstellt mit unverputzten Ziegelwänden? Was sollte er da noch sehen? Lauerten nicht überall auch schon die kleinen Paulis auf ihn? Grinsende, greise Mitschüler, von denen keiner half? Steckten seine Finger nicht tief in den Fugen des Lebens? Waren sie nicht wund und könnten sie je wieder heilen? Rieselte nicht das ganze Gebäude Leben zusammenhanglos auseinander? Und einen wie den großen Pauli konnte er nicht einmal mehr an der Schranke bestrafen. Denn da herrschte jetzt Krieg.

Grauschwarze Wetternarben krochen über seine Seele. Und in solch einem Moment gingen die Frauen zum Friseur. Kohnen baumelte mit dem Putzbrett in großer Höhe, er konnte sich nirgendwo halten, seine Hände kreisten, unten war gar nichts mehr, er wusste nicht wo die Ziegelwand war, die er verputzen wollte, damit sich niemand mehr daran zu schaffen machen könnte. Er hing ungesichert in großer Höhe und Elfriede wollte ausgerechnet jetzt zum Friseur.

Friede, rief er, Friiiede!!

Was ist denn nur mein Gott, ich bin doch hier. Du kannst einen aber auch erschrecken! Ich gehe dann jetzt. Brauchst du etwas?

Ich brauche nichts mehr!

Auch gut. Warum schreibst du nicht?

Mein Leben ist vorbei. Nach getaner Arbeit ist gut ruh'n.

Du bist unausstehlich.

Ich weiß.

Man ist so ohnmächtig mit dir!

Er antwortete nicht. Er schien zu lächeln.

Müßiggang ist aller Laster Anfang, versuchte es Elfriede noch einmal.

Papier ist geduldig, sagte Kohnen.

Wer rastet der rostet, fauchte Elfriede.

Lass mich! Rom ist auch nicht … auch nicht an einem Tag erbaut.

Wo ein Wille ist, ist auch ein Weg, Fritz Kohnen. Und das Schreiben hatte dein Leben wieder hell gemacht.

Wo viel Licht ist, ist auch viel Schatten!

So, aha, du bist … bist ein Klugscheißer. Aber vielleicht hast du recht! Doch wie man in den Wald ruft …

Ach hör auf mit dem Wald!

Nun lass dich nicht so hängen, verdammt noch mal. Es muss weitergehen. Du hast das so gut gemacht.

Den Seinen gibt's der Herr im Schlaf.

Himmel Herr Gott, wenn du da herumschläfst kommt gar nichts, überhaupt nichts. Ich gehe jetzt!

Ich gehe auch gleich!

Die Stille war fassbar. Kohnen saß und blieb sitzen. Elfriede stand in der offenen Tür, blieb eine Weile so stehen. Sie konnten sich nicht sehen, aber jeder hörte den empörten Atem des anderen. Dann knallte Elfriede Kohnen die Haustür zu, so dass das bräunlich-matte Reliefglas aufgestört schepperte. Und das hatte sie ihr Leben lang noch nie getan.

Waschen, legen, Dauerwelle, einfach alles, sagte Elfriede. Einfach alles.

Oho, sagte Ahrendt theatralisch, wir wollen es aber heute heftig wissen!

Er schob die Worte weich vor sich her. Meine Frau kommt gleich, meine liebe Gattin ...

Widerlich, dachte Elfriede, so einen Schleimscheißer könnte ich nicht um mich haben, wie der redet. Da ist mir einer lieber, der gar nichts sagt. Einer wie Fritz, wenn er ja auch ...

Die junge Türkin begann, ihr das Haar zu waschen und versuchte anschließend eine sanfte wohltuende Kopfmassage. Das machten sie ja jetzt überall, um die Preise zu erhöhen.

Unsere Frau Kohnen lässt sich mal wieder sehen, sagte Frau Ahrendt grinsend, schlenderte aus dem Nebenraum, als sei sie hier zufällig zu Besuch gekommen. Hände hängend, halb hoch.

Nie schloss die den Kittel. Immer sah man ihre aufwändigen Jacquard-Pullover oder ihre durchbrochenen Blusen. Der Kittel endete kurz unter ihrem runden, hoch liegenden Hintern.

Irgendwo muss man sich ja mal verwöhnen lassen, sagte Elfriede, und wenn es beim Friseur ist.

Coiffeur-Studio, Coiffeur-Studio, bellte Ahrendt witzig von gegenüber.

Auch gut, sagte Elfriede. Früher genügte Frisör mit Ö.

Alles lachte.

Sie kam nur her weil es so nah war.

Nach zwei Stunden verließ Elfriede den Friseurladen, sah sich um. Jemand grinste unerfindlich. Nach etwa hundert Metern holte sie den Schlüssel aus ihrer Tasche und als sie hochsah, entdeckte sie Fritz Kohnen am herabgelassenen Schrankenbaum. Er stand dort, als könne er noch einmal ganz von vorn anfangen. Ein Bein gegen die Mauer gestellt, versuchte er auch noch, die Arme zu verschränken. Elfriede Kohnen ging einfach ins Haus. Er würde schon kommen. Einer wie er kam immer wieder.

26

Seine Augen folgten dem Bautrupp. Er saß weit vorgebeugt, den rechten Arm auf der gewölbten Fensterbank. Hellgraues Licht lag in diffusen Scherben im Zimmer.

Er sah alles auf der Straße, und er sah nichts. Von der Absperrung am Anfang bis zum immer noch geschlossenen Bahndamm. Er sah Menschen gehen, aber er erkannte sie nicht. Seine Augen fixierten stumm die Ruine seines Postens und wanderten unmerklich hoch zu Helenes Fenster. Immer wieder sah er dort den hellen Fleck ihres Gesichtes. Manchmal blieb der Fleck über längere Zeit unbeweglich. Mal lag er höher, mal tiefer. Helene saß da wie er, oder sie stand. Zwischen ihnen das abgewrackte Bahnwärter-Häuschen, das sie nun beide Tag und Nacht beschäftigen würde. Oder sie war gar nicht da.

Es geschah nichts. Die Arbeiter hatten Pause. Der Posten schien sie nicht zu interessieren. Vielleicht würde das Fundament ja doch noch verwendet. Kohnen ging nach hinten zum Garten, kam nervös wieder zurück, ging zum Klo, zog ab, obwohl das unnötig war, kam skeptisch nach vorn, hob die Gardine an, sah nach rechts und links. Aber da war nur der zerrüttete Asphalt vor ihm, unverändert seit Jahren. Elfriede riss einen Faden mit den Zähnen ab und sagte:

Komm schlafen, Fritz!

Noch einmal sah er hoch zu Helenes Fenster. Sie saß dort unbeweglich, bei halb geöffneter Gardine. Nichts jedoch passierte. Lediglich auf dem Kamin über ihr umwarben sich ungeduldige Tauben. Wahrscheinlich sah er sie nur in seinem Wunsch,

Ziehst du dich nicht aus?

Er lag schon. Vollständig angezogen. Sogar in den Pantoffeln. Elfriede beschloss, nichts zu sagen. Als er endlich eingeschlafen war, legte sie die geblümte Tagesdecke behutsam über ihn. Aus dem Kopfkissen machte sie sich eine Rolle, damit ihre Frisur nicht litt, die sich unter einem grünen Haarnetz beruhigte.

Es klingelte eine Stunde später. Beide waren noch nicht ganz bei sich. Der Arzt rauschte herein und brachte einen kurzen Schwall Kälte mit.

Kein Durchkommen, sagte er, puh, Polizei, Feuerwehr, überall hinter dem Bahndamm, irgendwas ist da los.

Kohnen schoss zum Fenster.

Sicher ein Unfall, sagte der Arzt.

Fritz, der Doktor will dich untersuchen!

Kohnen reagierte nicht. Er konnte jetzt schräg hinter den Schranken nur noch abgerissene Bewegungen erkennen. Das Wärterhäuschen ließ nur Teilbilder zu. Sie hatten die Restruine mit Material zugestellt.

Fritz, der Doktor ist da, bitte komm!

Doch Kohnen reagierte nicht. Er stand da und starrte. Schien die anderen gar nicht zu bemerken. Elfriede hob die Gardine an und schaute ebenfalls hinaus. Blaulichter blinkten hinter den Schlagbäumen. Einige Menschen hatten sich angesammelt und versperrten den Blick. Der Arzt sagte nur:

Die Katastrophen nehmen kein Ende. Sicher jemand unter den Zug gekommen, oder so.

Elfriedes Kopf kam wieder hoch. Sie sah Kohnen vorwurfsvoll an. Sie schämte sich.

Fritz, nun komm, der Doktor hat nicht ewig Zeit.

Doch Kohnen blieb einfach stehen, und der Arzt schob hinten sein Hemd hoch, um ihn abzuhorchen. Er maß den Blutdruck, erledigte seine Routineuntersuchungen am stehenden Objekt. Denn Kohnen war nur noch ein Objekt, das man hin und herschieben konnte. Elfriede zog unwillig an seinem Hemd.

Lassen Sie ihn, sagte er sanft. Er hört uns gar nicht.

Und dann brach Kohnen zusammen. Sackte einfach in sich zusammen, wie eine beinlose Masse. Sein Gesicht war in einer anderen Welt angekommen. Blutleer, weiß. Seine Haut schien zerfallen, sein Haar flog zur Seite, die Augen machten nicht mehr mit. Er wirkte öde und verlassen, eine kahle Insel.

Am liebsten täte ich ihn drei Tage ins Krankenhaus, sagte der Doktor. Ihnen würde das auch mal ganz gut tun. Wir checken ihn mal durch. Ich glaube wir kommen nicht darum herum.

Elfriede nickte. Sie war einverstanden. Sie weinte.

Der Bahndamm war sein Leben, sagte sie, er wird einfach nicht damit fertig. Alles geht baden.

Das wird es sein! Ich erlebe so was öfter.

Doch sie hatten keine Ahnung, außer Kohnen und Helene Neusser. Sie hatten einfach nichts gesehen, außer Neugierigen, außer Bahnarbeitern und Polizisten, diesen Notarztwagen, einen ziemlichen Menschenauflauf, wie er eigentlich immer wieder vorkommt. Doch ist das Alltägliche für Eingeweihte viel tiefgründiger, viel tiefgreifender und endgültiger, als es erscheint. Und so hatten nur Fritz Kohnen und Helene Neusser dieses unansehnliche, blaugraue Bündel gesehen, das ein Feuerwehrmann vorsichtig zum Wagen trug.

27

Kohnens Kopf glich einer brodelnden feuchten Waschküche. Vor lauter Dampfschwaden fürchtete er, nie wieder ins Freie, in die Welt zu gelangen. War er groß? War er klein? Kochte die große Wäsche seiner Mutter im Bottich? Zog eine wortlose Nachbarin Laken durchs Klärbecken? Die Haufen schmutziger, kalter Wäsche, die noch gewaschen werden mussten, lagen als schwarze Schuldberge in unübersichtlicher Landschaft. Dagegen waren die leuchtend weißen Stapel ausgebesserter, gebügelter und gestärkter Wäsche eher unschuldig klein.

Er glitt auf der Schmierseife aus, der Sodatopf fiel um, die schrecklichen Bilder nasser Schuldberge und vereinzelter heller Unschuldshäufchen gingen nicht vom Horizont seiner Seele. Da an beiden Bildern auch noch gleichzeitig gute wie negative Gefühle hingen, machte Kohnen ihre Ambivalenz sehr schwer zu schaffen. Was war mit ihm geschehen? Er tauchte aus öligen Klärbecken auf, in denen fortlaufend seine Gedanken weggezogen wurden. Personen, deren Gesichter er nicht erkennen konnte, waren im Übrigen nur teilweise vorhanden. Arme und Füße, Hände, ein Torso, ein Ellenbogen. Warum hatte er sich Details nicht gemerkt? Nun wusste er nicht, zu wem das alles gehören könnte. Das Leben war eine verflucht schwer einzuschätzende Lauge, in der nicht einmal mehr die Teilverborgenheit seiner Mutter sicher war. Dampf umhüllte ihn und kochte seine diffusen Gedanken weich. Wie viele seiner Verfehlungen würden in den schwärenden Gebilden für immer verborgen bleiben, welche neugierig auftauchen?

Nebenan hörte er leises Reden. Doch Stimmen konnte er nicht unterscheiden. Wie alt war er? Wo befand er sich? Seine Knochen und sein Kopf schmerzten. Hatte ihn der Vater gerade aufgehoben? Waren sie auf dem Weg zu den Bahn-Depots? Band sein Vater ihm gerade ein kariertes Taschentuch ums Knie? Hob er ihn zum Trost in ein offenes Bremserhäuschen, legte er einer Lok die Hand auf oder sah er in eine Ferne, in die Kohnen ihm nicht folgen konnte? Nein, nein, Fritz saß nicht. Der Boden, auf dem er lag, war weich. Vielleicht war es auch die beigefarbene geblümte Steppdecke, deren Felder er nun fühlen konnte. Schlief er gerade ein? Wälzte sich sein Bruder in dem gemeinsam genutzten Bett? Hatte er sich gerade noch vor Gespenstern gefürchtet, die sich als seine grauen Sachen, Hose, Pullover, Socken und Unterwäsche entpuppt hatten? Er hätte sicher schwören können, dass an ihrer Stelle eine tote Person mit baumelnden Armen matt über dem Stuhl gehangen hatte.

Er hörte, wie nebenan eine Frau hemmungslos weinte. Er hörte beruhigende Worte, die er nicht verstand, aber dann bewegten sich Personen und er hörte, wie ein Mann sagte:

Sie müssen jetzt auch mal an sich denken, Frau Kohnen. Ich betreue Sie, ich komme ja regelmäßig vorbei, und Ihren Mann werde ich auch bis zum Schluss betreuen. Das wissen Sie doch! Darf ich jetzt einmal telefonieren? Es dauert nicht lang.

Schluss ... Was für ein Wort! Bis zum Schluss! Worum ging es genau? Kohnen wusste noch immer nicht, wo er war. Das Telefonat konnte er nicht verfolgen. Warum sprach der Mann so leise? Und warum sollte irgendwer am Ende angelangt sein? Und wieso Kohnen?

Aha, also morgen, sagte der Mann. Gut. Wir werden ihn dann heute hier betreuen und morgen ...

Fritz Kohnen hörte, wie der Arzt seinen Stock nahm, denn er hatte ja diese irreparable Kriegsverletzung. Daran erkannte er ihn. Aber das alles konnte doch überhaupt nicht sein! Er, Fritz Kohnen, war doch klein, er lag auf seiner beigen geblümten Steppdecke und seine Mutter war irgendwo in der Nähe. Er kannte noch gar keinen Arzt mit Stock und verheiratet war er auch nicht. Er war krank und brauchte nicht zur Schule zu gehen. So war es. Seine Mutter hatte heiße Halswickel mit Kartoffelbrei gemacht und Fieber gemessen. Wieso war dann überhaupt vom Krankenhaus die Rede? Er sank in Bottiche, in Klärbecken, ging haltlos in schwärenden Dämpfen verloren. Arme griffen lustlos nach ihm und ließen ihn los. Das Letzte, was Kohnen wahrnahm, war ein riesiges rotes Auge, das links von ihm beiläufig verschwand, wie ein Schrei verhallte und dabei ringförmige Wellen warf.

Oh, Ihr seid alle gekommen, sagte Kohnen undeutlich. Und Sara hat ja ein neues, grünes Kleidchen. Das steht dir aber viel besser als das blaue, Kind. Kleider machen eben Leute. Es müssen nur die richtigen Kleider sein. Das also ist dein Freund, Karin! Ja, es muss nicht immer ein Heirats-Papier sein. Und Ihr seid auch da, mit dem kleinen Paul, und ... kann es denn wahr sein, die Bayern lassen sich sogar sehen! Ja, was ist denn los, wir sind doch noch nicht bei einer Beerdigung! Fritz bekleckerte sich vor Aufregung. Tochter und Schwiegertochter sprangen auf, wischten gemeinsam mit Elfriede alles weg. Der Sohn des Nachbarn ließ das Motorrad im Hof aufheulen.

Lasst ihn, sagte Kohnen, er ist jung.

Er fühlte plötzlich eine Hand auf der Stirn. Ein Kribbeln setzte ein und schien den Kopf zu klären.

Es ist niemand da, Fritz. Ich bin es, Elfriede. Fühlst du dich besser?

Er lächelte. Er sank. Fühlte Schmerz, wusste aber nicht wo. Sonne leckte an der Küchenuhr und sie bewunderten jetzt alle seine Aufzeichnungen, seinen Garten, die kreisförmigen Schwellen, die er angelegt hatte, und sie konnten von seinen Erzählungen einfach nicht genug kriegen. Das Leben schien unendlich zu sein. Kaum etwas war absehbar. Jedes Ende lag in nebulöser Ferne.

Er erzählte von diesen eiskalten Wintern damals und dass er und Elfriede immer wie eine verschworene Gemeinschaft gewesen waren, die nichts und niemand hatte erschüttern können. Er hörte ihr bewunderndes Flüstern und Elfriede hätte ihn nie mehr mit seinem vollen Namen angeredet. Alle bemühten sich, nicht von Krankheit und Gebrechen zu reden. Man sparte sogar den Krieg aus.

Geranien, Wicken und fleißige Lieschen nickten gefällig im seichten Wind. Weiße Kumulus-Wolken hockten allerliebst im Blau und Fritz Kohnens Kinder überlegten allen Ernstes, wie sie ihrem Vater doch noch einen überdachten Balkon bescheren könnten. Sein Sohn verzichtete darauf, in die Türkei zu fahren und Kohnen konnte sich gar nicht daran erinnern, jemals gesagt zu haben, jetzt wollen die auch schon da hin! Er schwebte.

Leben und leben lassen, sagte er leichthin, oder auch: Andere Länder, andere Sitten und: Frisch gewagt ist halb gewonnen, eigener Herd ist Goldes wert, man lernt ja nie aus, und: Es ist noch kein Meister vom Himmel gefallen, der Mensch denkt und Gott lenkt, aber nicht unser Pfarrer, Not macht erfinderisch, probieren geht über studieren, besser einen Spatzen in der Hand, als ...; wovon das Herz voll ist ... Vorsicht ist besser als Nachsicht, oder auch: Ob arm ob reich, im Tode gleich.

Sie ging zurück zum Herd und stellte die Platte ab, die meistens zum Warmhalten auf der roten Eins mit dem Punkt blieb. Der Herd bebte. Die Erschütterungen der Züge. Sie beide fühlten es. Er hatte eine Gänsehaut. Die Muskeln schmerzten, zogen sich ohne Aufforderung zusammen.

Elfriede goss nach. Der Kaffee zeigte ölige kreisende Ornamente. Kohnen saß aufrecht im Bett. Sie strich ihm übers Haar, das sie nie wirklich gebändigt hatte. Er zeigte deprimiert auf die Tasse und sie ließ ihn trinken.

Ihr seid alle gekommen. Und Sara mit dem neuen Kleidchen ...

Es ist niemand da, Fritz. Ich bin es, Elfriede. Fühlst du dich besser? Willst du lieber liegen? Du gehst drei Tage ins Krankenhaus, Fritz! Es geht einfach nicht anders! Zur Beobachtung.

Er lächelte, sank. Sie bewunderten jetzt alle wieder seine Aufzeichnungen, seinen Garten, die kreisförmigen alten Schwellen. Das Leben schien unendlich sein. Er erzählte von eiskalten Wintern und dass er und Elfriede immer ...

Aber von all dem war jetzt gar nicht die Rede. Fritz sah keine Pfleger, erkannte keinen Krankenwagen, nahm weiße Kittel und die Trage nicht wahr. Alles, was er später verstand, war, dass die Räume auf einmal sehr hell waren. Viel größer, als er sie in Erinnerung hatte. Das Haus war gewachsen. Keine Züge fuhren mehr und kein Vibrieren lag auf den Gegenständen wie eine zweite Natur. Und er selbst schien so ruhig, wie schon lange nicht mehr. Er war auf einer weißen Insel, und alles was er zu tun hatte, war, ja oder nein zu sagen und zu lächeln. Die Welt schwamm weich langsam und gesünder hätte er nicht sein können.

28

Heute war noch niemand erschienen. Die Bautrupps arbeiteten ohne System. Vielleicht aber hatten auch die Ermittlungen dazu geführt, dass alles ruhte. Elfriede Kohnen ging heftig in der leeren Wohnung umher und hätte gern das ganze Drum und Dran als Disziplinlosigkeit abgetan. Am liebsten hätte sie den Posten vollständig abbrennen lassen, mit all den Geheimnissen und Banalitäten. Doch es war überall. Es war in den Zeitungen. Es war im Lokalsender. Ja, sogar im Regionalfernsehen. Vermutungen. Gerüchte und Hochrechnungen. Flüstern, Empörung, Ungläubigkeit.

Elfriede hatte Gott sei Dank stets für größere Vorräte gesorgt, denn sie wollte nicht aus dem Haus. Die Klingel hatte sie abgestellt und die Gardinen waren zugezogen. Keiner wusste etwas Genaues. Nicht, dass man automatisch Fritz Kohnen verdächtigte. Aber wenn doch irgendjemand etwas wissen konnte, dann er. Oder wusste er tatsächlich nichts? Immerhin stand der Sockel des Postens schon lange vor seiner Zeit.

Mysteriöser Fund. Kindsleiche entdeckt.
Bei Bauarbeiten am Bahnwärterposten Nr.49, zwischen Altdorfer- und Kanalstraße, entdeckten Arbeiter am gestrigen Nachmittag gegen 14:00 Uhr eine mumifizierte, ungefähr vierzig Zentimeter lange Kindsleiche, die lose in

eine blaugraue Plane eingeschlagen war. Die Leiche wurde im hohlen Sockel des abgerissenen Bahnpostens entdeckt, wo sie möglicherweise seit Jahrzehnten unbehelligt gelegen hat und dabei offenbar relativ gut erhalten blieb. Bisher ist noch unbekannt, ob es sich bei dem Fund um die Leiche eines Jungen oder eines Mädchens handelt, wie lange sie dort gelegen hat und wie das Kind zu Tode gekommen ist. Die Säuglingsleiche wurde umgehend in die Pathologie gebracht, wo sie genau untersucht werden soll. Da auch Mord nicht ausgeschlossen werden kann, wurden sowohl die Kriminalpolizei, als auch die Mordkommission eingeschaltet. Die Ermittlungen dauern an. Wir werden weiter darüber berichten.

Diese Welt arbeitete ohne erkennbares System. Davor hatte Elfriede am meisten Angst. Natürlich wusste sie von der Unberechenbarkeit des Planeten, mit all seinen Menschen, von der Urgewalt der Dinge, der Elemente. Und wie sollte die Welt gerecht sein, wie sollte denn ausgerechnet Elfriede Kohnen auf ihre alten Tage verschont bleiben, wenn schon ein einzelner Mensch, womöglich einer, den man lange gekannt hat, plötzlich seine Haut wendete und als wildes Tier auftrat, ohne dass jemand dies hätte voraussehen können.

Aber genau dies passierte täglich. Alle Zeitungen waren voll von solchen Beispielen. Vielleicht hatte ihr gemeinsames Leben ja dem Versuch gegolten, die Unberechenbarkeit der Welt einfach außer Kraft zu setzen. Vielleicht hatte

Fritz Kohnen instinktiv den toten Winkel gesucht, in dem die Fährnisse, die Unvorhersehbarkeiten des Lebens, kein Auge auf ihn werfen konnten. Vielleicht war er am Ende sogar weise? Aber was nützte ihm Weisheit, wenn er möglicherweise doch schuldig geworden war. Und sei es auch nur durch eine undeutliche Mitwisserschuld.

Das Telefon wollte nicht stillstehen. Leute aus der Nachbarschaft entwickelten sogar Entlastungstheorien, manche aber spendeten hohlen Trost, in dem kaum erkennbar gefährliche Fallstricke verborgen waren. Zeitungen wollten Exklusivinterviews, und private Fernsehsender überboten sich mit höchst zweifelhaften Angeboten. Doch auch die Öffentlich-Rechtlichen lernte Elfriede auf neue Weise kennen. Für die hätte sie immer die Hand ins Feuer gelegt, obwohl sie schon lange keinen Fernsehapparat mehr besaßen; für Fritz war Fernsehen zuletzt das reine Gift gewesen; all die Horrormeldungen. Schweren Herzens hatte sie sich schließlich wieder mit dem Radio begnügt. Sie ging jetzt nicht mehr ans Telefon und vereinbarte mit ihrer Tochter ein Zeichen, das sie wie durch Zauberei schützte. Nur nach Fritz erkundigte sich Friede telefonisch. Er war noch immer nicht bei Bewusstsein. Am Abend würde Karin kommen, die Nacht bei ihr schlafen. Sie ließ die Jalousien zu Dreivierteln herab, harrte aus.

Spät abends ging sie ums große Viereck. Das Kopftuch tief ins Gesicht gezogen. Wollte sich beweisen, dass sie sich nicht verstecken musste. Sie stellte fest, dass nur noch Reinigungsarbeiten am Übergang zu erledigen waren. Den Sockel hatte man eingezäunt und abgesperrt. Die neue Ampelanlage arbeitete wohl vollautomatisch. Doch es blieb bei roten Augen auf jeder Seite. Die Schlagbäume kamen unwirklich und zögerlich herab, tasteten sich in die Gabeln und rasteten ein. Kein Mensch wurde benötigt. Gespenstisch, wie irgendein Niemand jetzt die Geschicke des Postens lautlos übernommen hatte. Unmenschlich schien Elfriede auch ihre eigene Situation. Vom Leben abgeschnitten. Gemieden. Als sie wieder zurück ins Wohnzimmer kam, erschien ihr die gewölbte Holzfensterbank, auf der nächtliches Licht spielte, wie ein Tierbuckel, der sich gegen alles stemmt und wehrt, was von außen kommt. Der Riss schien größer geworden zu sein, durch die Schatten. Seltsam, dass Fritz' versteinerte Gestalt nun hier fehlte. Er war abgetaucht, Elfriede konnte ihn nicht befragen und er konnte ihr nichts mitteilen.

Die Welt war sprachlos. Am Morgen hatte sie Fritz kurz besucht und auf dem Rückweg Kleinigkeiten in ihrer Straße besorgt. Man hatte sie angestarrt und wortlos Waren gegen Geld getauscht. Zum Ausgleich hatte sie das Radio laut gestellt und alle Türen im Haus weit offenstehen lassen.

Der Belag zwischen den Schienensträngen war zu einem schwarzen Hartgummi geworden. Es gab feine rautenartige Prägungen; die Züge fuhren hörbar leiser. Alle grauen Asphaltkrater waren verschwunden, keine Wunden lagen mehr offen aus Sand und Erde. Und obwohl das leise Rattern über den Bahndamm angenehm war, kam es Elfriede so vor wie ein kalkulierter Teil des lautlosen Näherkommens ihres späten Unglücks.

Haufenweise hatte sie sich über die Jahre Hinweise und Artikel zur Krankheit ihres Mannes ausgeschnitten. Der offene, flache Karton in Din-A-4 stand im Schlafzimmerschrank, hinter ihrer Unterwäsche verborgen, denn jahrelang war Fritz Kohnen 'offiziell' nicht krank gewesen. Nun holte sie den Karton heraus und blätterte die einzelnen Ausschnitte durch. Vielleicht lag ja in den frühen Entwicklungen der Krankheit eine Erklärung für Fritz' mögliche Schuld, für sein vermutetes Ausscheren, für ... sie wusste nicht was.

Sie las von Tremor, Gleichgewichtsstörungen, Rigor, Verlangsamung seiner Bewegungen, Muskelschmerzen und Krämpfen, Veränderung der Handschrift, von Depressionen, Nervosität, diversen psychischen Störungen, Sprachbeeinträchtigungen, allgemeiner Müdigkeit, stark erhöhtem Speichelfluss, Muskelschwäche, dem fehlendem Mitschwingen der Arme beim Gehen, einem Maskengesicht, Schluckstörungen ...

Dies alles traf mehr oder weniger auf Fritz zu. Sie kannte es und war nicht überrascht. Elfriede hoffte, irgendwo Hinweise auf krankheitsbedingte Neigungen zur Untreue, Vertuschung, oder gar zur Entwicklung krimineller Energie zu finden. Aber sie fand da nichts, womit sie Fritz' eventuelle Schuld hätte entkräften können.

Die gebeugte Haltung, willkürliche Bewegungen, Trommeln mit den Fingern, Armut der Gebärden, Pillendrehen, Münzenzählen, Hitzewallungen, Schaumschlagen, die Verlangsamung der Denkabläufe, verminderte Entschluss- und Willenskraft, die zunehmende Abkapselung, Schüttelzittern, kleinschrittiger schlürfender Gang, hölzerne Bewegungen, eintönige Sprache, Neigung zum Nörgeln, hypochondrische Einstellung ... Alles bekannt. Dies langsame unaufhaltsame Fortschreiten der Krankheit, die das Leben kaum verkürzt, aber ein bis zwei Jahrzehnte dauern kann.

Elfriede wunderte sich nicht, dass ihr Herz rebellierte, dass sie selbst, die ein so positiver Mensch war, gelegentlich an Depressionen litt. Sie glaubte sich auf einem zugigen Berg, von dem sie nicht mehr herunter könnte. Auf einem Bahnhof, auf dem man nicht wüsste, woher die Züge kämen, auf welchem Bahnsteig man zu stehen habe und ob man vor den Zügen sicher wäre. Alles was sie gelesen hatte, ließ sie ratlos. Aber durfte sie nicht ratlos sein, wenn selbst Ärzte weitgehend ratlos waren? Da gab es viel Unentdecktes, so gut wie nichts wusste man über die Ursachen, und so konnten auch nur die Symptome behandelt werden.

Elfriede Kohnen akzeptierte, ja, begrüßte es, dass zu der Krankheit ihres Mannes, die in erster Linie vererbt wurde, für die aber seine Eltern und Verwandten nicht herangezogen werden konnten, bei weitem nicht das letzte Wort gesagt worden war. Sie beschloss spontan, in Buchhandlungen den neuesten Stand der Forschung zu erkunden.

29

Kohnen wollte aus seinem Körper herausspringen. Doch sein Körper kam nicht zu Wort. Er ließ Kohnen nicht los, weil er nicht konnte. Er war ein lauernder, hypnotisierter Gegner, dessen Möglichkeiten man ganz unmöglich abschätzen konnte.

Sie alle belauerten ihn, belächelten ihn, befragten ihn scheinheilig, umgingen, ignorierten ihn, zogen die Augenbrauen hoch und senkten sie herablassend. Und so kam es, dass Fritz Kohnen auch die echten, ehrlichen, die gut gemeinten Fragen und Vorschläge mit den unerhörten verwechselte. *Express* und *Bild* übertrafen sich in übersteigerten, verstiegenen Vermutungen und idiotischen Überschriften, in Gemeinheit, in Penetranz und Rücksichtslosigkeit, noch bevor irgendetwas erwiesen war. Die Polizei verhängte am dritten Tag eine Informationssperre und behandelte den Fall hinter den Kulissen.

Zum zweiten Mal im Leben lag Kohnen im Krankenhaus. Sie hatten ihn in der dritten Nacht verlegt und als er erwachte, lag er in einem kleineren Zimmer allein. Zusätzlich hatten sie einen hellgrauen Paravent um ihn herum aufgestellt, sodass er nur mit sich selbst und dem Fenster Umgang hatte, hinter dem wohltuendes Grün am Himmel schwankte. Niemand, der hereinkäme, könnte einfach seiner habhaft werden und sei es nur mit neugierigen Blicken. Fritz Kohnen war dankbar und versuchte in den klaren Momenten wieder unterzutauchen. Unter seinen zitternden Lidern war er sicher. Und mit der Zeit beruhigten sie sich. Er konnte schlafen, vergaß zeitweise sogar seine Frau Elfriede, das Haus, den Bahndamm und Helene und es kam vor, dass er sich wie nie in der Welt gewesen empfand. Der schweigsame, freundliche Oberarzt hatte ihn für nicht vernehmungsfähig erklärt.

Sie stellte das Radio an. Leise, denn sonst würde er die Hände abwehrend heben. Fritz war seit dem Nachmittag zurück. Er lag fest im Bett, schwankte zwischen Klarheit und Benommenheit. Etwa so, als habe er von all den Geschehnissen kaum etwas mitbekommen. Elfriede Kohnen setzte auf Normalität. Hörte *Zwischen Rhein und Weser*, schaltete um zur *Heimatmelodie*, würde *Der Tag um Fünf* zu Ende hören, dann später in den *Musikexpress* übergehen. So, wie immer.

Karin war am Vorabend erst spät gekommen. Beide Frauen hatten ein wenig zusammen geweint, dann hilflose Vermutungen formuliert. Meinst du … glaubst du denn … kannst du dir wirklich vorstellen …

Es ist als löse sich alles auf, sagte Elfriede. Ich habe gar nichts mehr in der Hand. Heute Morgen steige ich da hinauf und was glaubst du was passiert ... sie zeigte auf den Einstieg zum Boden ... dieser Kasten ist weg, einfach weg, nicht mehr da, diese Briefe sind weg, man hätte ja vielleicht aus den Briefen etwas erfahren können ... Und schau dir die Werkstatt an, komm ich zeige sie dir, schau dir das an, als habe er vorgehabt, nie wiederzukommen. Wie eine Apotheke. Hat noch nie so ausgesehen. Wann hat der Mann das alles bloß gemacht? Wo hat er die Energie her?

Sie waren spät ins Bett gegangen. Hatten ein Glas Wein zusammen getrunken und irgendwann ans Schicksal appelliert. Karin hatte sich aufs Bett ihres Vaters gelegt und schon sehr früh am anderen Morgen fortgehen müssen, noch bevor Elfriede wach war. Dann hatte der Arzt angerufen und Fritz' vorläufige Rückkehr angekündigt. Sie hatten ihn gegen 14:00 Uhr in einem neutralen Fahrzeug gebracht und Friede hatte die Tür schnell und endgültig verschlossen.

Sie brauchen niemandem Auskunft zu geben, hatte ihr Doktor gesagt. Er ist nach wie vor nicht für Vernehmungen frei. Allerdings wird auf Sie noch einiges zukommen. Besuche der Polizei und eventuell sogar der Mordkommission werden Sie dulden müssen. Das ist alles Routine. Das Haus stand schmal und versetzt in ein langes Gartengrundstück gebaut. Vorne schnitt die Nebenstraße den winzigen Vorgarten schräg an, hinten verjüngte sich die

Fläche, bis sie auslief im Schotter und einem verschobenen langen Dreieck glich. Seitlich nagelten die Gleise vorüber. An der anderen Längsseite wuchs die Brandmauer des Nachbarn hoch, die das einstöckige Haus weit überragte. Fritz hatte eine ewige Zuneigung zu seinem Häuschen und dem benachbarten Metall der Gleise, die eine merkwürdige stoische Ruhe ausstrahlten, solange kein Zug nahte. Der schräge vordere Giebel war mit zartgrün gestrichenen Holzornamenten verziert, die zum hellen ockerfarbenen Anstrich des Hauses wie steife Spitze kontrastierten.

Sie musste abwarten. Sie musste stark sein. Sie würde alles bis zum Schluss für ihn tun. Wenn er allerdings schuldig wäre, wenn er mit dieser Sache irgendetwas zu tun hätte, dann würde sie, so wahr sie Elfriede Kohnen hieß, für immer verstummen. Zwar hätte sie ihn und seine Pflege dann bis zum Schluss am Hals, denn belangen könnte man ihn ja nicht mehr, aber sie würde schweigen. Unwiderruflich. Für immer schweigen.

Elfriede wischte den Tisch ab, säuberte die Decke gründlich, legte sie wieder auf, stellte die Vase mit den Blumen ihrer Tochter in die Mitte, sah sich im Zimmer um. Sie würde Fritz das Essen ans Bett bringen. Schweigsame neue Rituale würden zwischen ihnen entstehen, die an frühere nur entfernt erinnerten. Es gab nicht einmal Reste von Zärtlichkeit zwischen ihnen. Es war, als habe sie die Liebe vergessen.

Das Haus war klein, Wohnzimmer, Wohnküche, Schlafzimmer, ein winziges Bad mit später eingebauter Dusche.
Das ehemalige Kinderzimmer, in dem nun Sachen abgestellt waren. Türen standen offen, Räume schienen sich zu
mischen; Elfriede glaubte sich auf einem Terrain allein,
das riesengroß erschien, obwohl es knapp 60 qm maß.
Fritz schien in der Zimmer-Landschaft wortlos verloren.

Sie kam langsam zum Türrahmen des Schlafzimmers.
Seine Stimme war ziemlich schwach. Sie nahm den kühlen
Waschlappen, fuhr ihm durchs Gesicht. Nahm die Haarbürste und brachte seine Frisur in Ordnung. Dann ging sie
wieder. Dürr hing ihr kürzlich aufgefrischtes Haar. Plötzlich brach Elfriede in Tränen aus.

Kohnen fühlte sich im Gelände verloren. Schuld kreiste,
kam heftig auf ihn nieder, er konnte nirgendwo eingreifen,
etwas geschah, das war sicher, aber er konnte Elfriede nun
nicht mehr beistehen. Doch wobei? Er ließ sie allein. Sie
stand gänzlich verlassen und er drehte die Kurbel herunter. Der Zug käme, würde kalt über sie hinwegfegen und er
könnte die verdammte Kurbel einfach nicht loslassen.
Fritz sackte in sich zusammen, sein Kopf zuckte und schüttelte stark und dieses Schütteln mischte sich mit seinem
ständigen Ja. Sie beugte sich über ihn, hörte nur mühsam
seine Worte, die klein und verzerrt klangen und zuweilen
aus höchst merkwürdigen Lauten bestanden. Doch Kohnen bemerkte Elfriede gar nicht. Er hatte nur noch einen
Wunsch: In der ersten Reihe zu liegen.

Elfriede stierte auf das am Ende des tiefgeduckten Dachbodens liegende Fensterauge, doch das war nahezu blind und konnte nichts verraten. Fast vergaß sie wieder abzusteigen. Sie hatte noch einmal alles abgesucht, doch blieb der Kasten verschwunden. Von Briefen oder Fotos keine Spur. Sie kam mühsam zurück auf den Boden. Und da sah sie am Seitenfenster, das unmittelbar auf Gleise und Jägerzaun wies und halb von einem hohen Busch verdeckt wurde, Helene Neussers Gesicht, eine blasse suchende Ikone, die versuchte, im Zimmer, das Elfriede abgedunkelt hatte, etwas zu entdecken.

Friede hatte die Taschenlampe schon längst oben ausgemacht, wollte weder von Fritz überrascht oder von irgendjemand da draußen gesehen werden, denn das kleine Fenster hatte keine Jalousie. Friede kam näher, hatte schon die Hand gehoben um das Fenster zu öffnen, als Helene sie im orangefarbenen Lichtfleck des Übergangs erkannt haben musste und wie eine Verfolgte floh. Friede sah ihr verständnislos nach. Das aufgewärmte Essen ließ sie stehen.

30

Das Geräusch musste von draußen gekommen sein. Sie ging im Dunkeln, sah aber nichts. Vielleicht träumte Fritz, vielleicht arbeitete eine erregende Ferne an ihm, in der er sich weit weg wähnen konnte. In rötlichen Prärien oder anderen menschenabweisenden Landstrichen, wo die Gleise endlos waren und in schwärenden Horizonten aufgesogen wurden. Fritz' Arme lagen weit vom Körper. Ebenso die Beine unter dem Steppbett. Er lag wie lange tot. Steinstill kamen da weder Atem noch Schnarchen oder irgendein anderes Geräusch. Wieder ging sie im Dunkeln ans vordere Seitenfenster. Nichts.

Appetit kommt beim Essen, sagte sie sich. Mitten in der Nacht war sie wohl vom Geräusch und Gefühl ihres quälenden Magens erwacht. Sie wärmte den noch auf der Platte stehenden abgedeckten Topf auf. Sicher hatte Helene Neusser sie nur trösten wollen. Vielleicht war sie auch vom Weinen überwältigt worden, hatte noch im letzten Moment beschlossen umzukehren, um Elfriede nicht noch mehr zu belasten.

Versuche gute Miene zum bösen Spiel zu machen, sagte sich Elfriede, während sie lustlos ihr Gulasch kaute, dann ist alles, was noch kommt, leichter zu ertragen. Kohnens Arme lagen noch immer weit vom Körper. Ebenso die Beine unter dem Steppbett.

Ich trinke einen Piccolo, entschied Elfriede. Gut, dass ich diese Sechserpackung im Haus habe.

Es klang hohl, als sei Kohnen am Ende einer langen Röhre, die außerhalb von Elfriedes Reichweite lag. Sie rannte ins Schlafzimmer. Sie hatte Mitleid mit ihm, doch lag er trotzig schlafend da, was sie überhaupt nicht vertrug. Die linke Hand wurde zur Faust. Sein blaugrün gestreifter Flanell-Schlafanzug machte ihn zum Sträfling. Das Oberteil war unordentlich verzogen. Schon wieder hatte er die Knöpfe vertauscht. Es war immer das Gleiche. Wenn ein Mensch ihn kannte!

Im Dunkeln fand sie das Bett. Ich mache einen neuen Anfang, dachte sie. Doch wie wollte sie, quasi am Ende, einen Anfang machen, ohne all die offenen Enden verknotet zu haben. Wie wahr, wie wahr, dachte sie: Aller Anfang ist schwer. Und noch bevor sie entsprechende Pläne machen konnte, sank sie in Schlaf. Worte wie *Schluss-Schaffner* oder *Einweihungszüge* begleiteten sie und Erzählungen von Fritz über zwei Tote am Bahnkörper, deren Köpfe man zwischen den Schienen gefunden hatte, die Rümpfe aber am Hang. Über Jugendliche, die in leeren Waggons regelrechte Lagerfeuer gemacht hatten ... Soldatenzüge, Verletzte, Amputierte.

Über den Wiesen flimmert Sonne. Forken greifen unter satte Haufen. Ein junger Mann bleibt im Feld. Am Horizont segeln Pferde mit Pflug. Sie sinkt. Nie wird sie wieder so etwas erleben, ohne Grenzen und Schmerz. Der Duft der Haut wird nicht grau werden. Morgen wird er in die Großstadt zurückfahren. Über die Leiter gelangt sie in ihr gekalktes Zimmer. Heuwender und Handrechen an der Wand. Sie sieht in den Spiegel. Sie löscht die einsame Glühlampe unter den niedrigen Balken.

Die Gedanken sind frei, fühlte Elfriede. Mit dem Rücken lag sie nun nah an Fritz Kohnen.

Der Arzt kam täglich. Er war wortkarg. Gab nur an, was zu nehmen sei und wie sie Kohnen behandeln solle. Immer wieder schüttelte er den Kopf und strich über Elfriedes Oberarm. Seit dem frühen Morgen klingelte das Telefon unermüdlich. Erst halbstündlich. Dann viertelstündlich. Immer wenn Elfriede abnahm, wurde aufgelegt. Wie sollte sie von einer verzweifelten Helene Neusser wissen, die unbedingt mit Fritz sprechen wollte? Elfriede war wie ausgeblutet. Brachte nach wie vor nichts in Zusammenhang. Noch immer konnte sie sich den Holzkasten mit dem Kreuz nicht erklären. War noch schmaler geworden, fühlte sich abgeschlagen, musste dauernd trinken, ihr Körper juckte auch an den intimsten Stellen, immer öfter überfiel sie unerwarteter Hunger, Aften im Mund machten ihr zu schaffen und wunde Stellen unter der Brust und am Po. Ihre Brille war bei weitem nicht mehr stark genug und die Zunge weiß.

Man hörte durchdringende Polizeisirenen von der Hauptstraße. Krankenwagen und Feuerwehr rasten wieder ein-

mal nach Süden oder Norden. Es war, als würde sie über-
fahren werden. Sie dachte an das für immer gegenwärtige
Ernteerlebnis. Mit Liebe und Leib war auch für sie nun alles vorbei. Nie hätte sie sich einen Liebhaber gesucht. Sie
war verheiratet und bereits ihr Traum machte sie sehr ver-
legen. Ihre Gedanken durchliefen sie nahezu unsortiert.
Konzentration war immer öfter nicht möglich. Sie durfte
sich ihre Erinnerungen durch nichts vergällen lassen. Sie
brauchte sie unverdorben bis zum Ende. Was hatte sie
denn sonst noch?

Karin kam kurz mit dem Fünftürer vorbei, brachte Gemüse und Obst. Ein anderes Einkaufspaket lieferte sie mit
den Grüßen von Sohn und Schwiegertochter ab. Sie sah
besorgt und skeptisch nach ihrem Vater, der sie aber überhaupt nicht erkannte. Kohnen schwamm in verwaschenen
Bildern. Weißrote Schranken grenzten ihn ein, doch fuhren keine Züge durch seine Wildnis. Über sich sah er sich
schnell kreisende Wipfel, aber als er erwachte, waren da
nur Elfriedes Haare, die sich mit dem strengen Kopf über
ihm bewegten. Dann verwechselte er sie sogar mit einer
unbekannten Person.

Elfriede schwieg, weinte kurz, verabschiedete Karin, die zu
ihrer Arbeit zurück musste. Fritz sah Helene hinter den Lidern, konnte nicht aufhören. Sah das Stiegenhaus, das
kleine Zimmer mit dem runden Dachfenster, verwechselte
es mit dem kleinen, runden Bodenfenster. Vom Boden
musste er noch den Kindersarg entfernen. Fühlte für einen

Moment wieder die endlose aber kurze Leidenschaft, den hellen fröhlichen Körper, dem plötzlich die Beine fehlten. Ach, wo war er? Vom Fenster aus sah man den Posten in der Diagonale dämmern, aber sah man den nicht von überall her? Rechterhand ein nächtliches, flaches Wohnhaus, in dem eine Frau ahnungslos schlief. Elfriede.

Kohnen wollte aufbrechen, konnte kaum vor und nicht zurück, blieb in nächtlichen Stiegenhäusern stecken, müsste für immer bleiben. Das Haus, ein tauber schreiender Stern, in dessen Mitte er langsam verbrannte. Doch welches Haus?

Lackierte Fußböden glänzten. Schaufeln schepperten, Ziegel leuchteten. Er tauchte auf wie aus einem fremden Leben. Was hatte er da zu tun, in diesem Leben? Er trug ein blaugraues Bündel. Aber wieso? Und für wen? Wohin wollte er damit? Aber Kohnen wollte nicht mehr. Wollte einfach nicht mehr gegen irgendeine Zeitrechnung angrübeln, denn keine Rechnung und kein System wollten ihn offenbar zulassen.

Aus den Augen aus dem Sinn, die Großen fressen die Kleinen, dachte er, wer zuerst kommt mahlt zuerst, wenn zwei sich streiten freut sich der Dritte, steter Tropfen höhlt den Stein, oder aber: Wie gewonnen so zerronnen, Hochmut kommt vor dem Fall, wer nicht hören will muss fühlen, ein blindes Huhn ... Und seinen Vater hörte er sagen: Wer A sagt muss auch B sagen!

Er öffnete plötzlich die Augen und sagte in die Leere des Zimmers: Pack schlägt sich und Pack verträgt sich. Doch Elfriede antwortete nebenan: Ich bin kein Pack. Ich war auch kein Pack. Niemals. Aber das konnte Kohnen nicht hören.

Das Telefon schrillte, sie war beim Mittagessen. Diesmal nahm sie den Hörer ab. Und noch bevor irgendjemand etwas sagen konnte rief sie: Sage mir wie oft du anrufst und ich sage dir wer du bist. Eine Hand wäscht die andere, schrie sie unkontrolliert, warte nur ab! Ich kriege dich. Oh, oocch! Ich kriege dich.

Und dann legte sie auf, nicht ganz sicher, ob das alles klug oder auch nur im Geringsten sinnvoll gewesen war.

31

Die Erinnerung quälte sich abwärts. Doch da unten, in der erreichten Tiefe, ließ sich kaum etwas entdecken. Elfriedes Bewusstsein war nichts als ein trüber See. Alles, was sie spürte, war ihre trockene Haut und die schlecht heilende Wunde am Unterarm, die sie einige Tage, nachdem sie sich am Herd verbrannt hatte, überhaupt nicht hatte fühlen können. Das hatte mit ihrer Krankheit zu tun. Natürlich spürte sie ihr Herz. Als dumpf drohende, bewegliche Masse operierte es im Zentrum eines diffusen Geflechts, das einem schwer zu kontrollierenden Verkehrsknotenpunkt glich. Aber vielleicht war es gar nicht ihr Herz, sondern ein weites Feld unaufgeklärter Geheimnisse ihres Lebens. Dauernd musste sie in letzter Zeit zur Toilette und ihre Blasenentzündungen gingen nicht weg. Streng achtete sie neuerdings wieder auf die Ernährung und mied alles Verbotene. Schließlich hatte sie noch Dinge herauszufinden, ohne die sie ihr Leben nicht in Ruhe zu Ende bringen könnte. Sie würde Fritz befragen. Vielleicht gäbe er etwas von seiner Affäre preis. Vielleicht half ja sein Dämmerzustand!

Sie stand am Bügelbrett, musste nach jedem Wäscheteil ihren Lehnstuhl wieder aufsuchen. Was war aus ihr geworden? Täglich hatte sie jetzt den Arzt im Haus. Wegen Fritz, zunehmend auch ihretwegen. Jede Woche kontrollierte er sehr sorgfältig ihre Füße und ihre Unterschenkel. Draußen lief der Verkehr reibungslos. Unglaublich, dass dieser gespenstische Übergang lediglich mit zwei roten Ampeln funktionierte, ohne dass da ein Mensch eingriff. Gut, dass Fritz das nicht sah. Einerseits bedauerte sie seinen Zustand, andererseits schien ihr seine Emigration, seine Abgeschiedenheit, wohltuend unter den ungeklärten Umständen. Sie genoss die Stille. Jeden zweiten Tag kam ihre Tochter Karin, um ihr bei der Pflege zu helfen. Selten hatte sie sich ihr so nahe gefühlt, und erstmals erfuhr sie Näheres über die Gründe für das Scheitern ihrer Ehe. Manches hatte man geahnt.

Sie hätte das Päckchen eingeschweißter Briefe, mit dieser unglaublichen Anrede *Liebster Fritz* und den nicht erkennbaren Fotos an sich nehmen sollen. Als Faustpfand. Hätte es nur zu nehmen brauchen und nie etwas dazu sagen müssen. Er hätte sie nicht fragen können ohne sich zu verraten. Vielleicht hatte er sie ja verlegt. Vielleicht so gut versteckt, dass er sie nicht wiederfand. Bei seinem Zustand war es gut möglich, dass er sich nicht erinnerte. Sie hätte diese Briefe sogar lesen können, die Bilder ansehen und danach alles vernichten. Doch wie hätte sie weitergelebt? Nun war ihr Zufallsfund zu einer kurzen Erscheinung geworden, die mit der Zeit verblassen würde. Oder würde sie über die Ungewissheit nicht hinwegkommen? Ihre Tochter riet ihr, die Sache einfach zu vergessen, weil ja schließlich nur dieser Weg bliebe, damit fertig zu werden. Außerdem sei die Geschichte ja wohl so alt wie ein halbes Leben und man solle eigentlich nicht ein ganzes Leben damit vernichten.

Ehestand ist auch Wehestand, das weißt du ja. Was hab ich nicht alles hinter mir! Vielleicht ging's ihm ja einfach zu gut. Und wenn dem Esel zu wohl ist, geht er eben aufs Eis. Oder etwa nicht?

Mitten im Krieg?

Wenigstens musste er ja nicht an die Front! Und ein Frauenhaar kann mehr ziehen als ein ganzes Seil. Aber das Haar ist nun lange gerissen. Denk nicht mehr dran!

Der Fuchs wird älter, aber nicht besser. Denk an Opa!

Vater tut keinem mehr was. Versöhn dich mit dir selbst! Mutter, lass die Kirche im Dorf. Bitte!

Aber alte Liebe rostet nicht, Karin. Wenn ich nur wüsste wer es war ...

Keine Regel ohne Ausnahme.

Du nimmst ihn in Schutz.

Ich will *dich* schützen. Da ist weder Rauch noch Feuer. Glaub mir!

Jeder weiß am besten wo ihn der Schuh drückt.

Versprich mir ...

Ich versprech's. Lass uns jetzt aufhören. Die Wände haben Ohren.

Sie umarmte ihre Mutter. Sie strich ihrem Vater über die Stirn. Die Autoschlüssel hingen klimpernd in ihrer linken Hand. Das rote Ledermäppchen leuchtete verwegen. Vom Wagen aus winkte Karin noch einmal kurz. Elfriede sah nur die gestreckte Hand aus dem Beifahrerfenster ragen. Der Lehnstuhl saugte sie so selbstverständlich auf.

Es klingelte. Beide waren noch nicht ganz bei sich. Der Arzt rauschte wieder herein und brachte einen kurzen Schwall Kälte mit.

Kein Durchkommen sagte er, puh, Polizei, Feuerwehr überall hinter dem Bahndamm. Man vermutet da einen Selbstmord.

Elfriede schoss zum Fenster. Alles was sie erkennen konnte war eine Bahre mit weißem Tuch, die im Wagen der Feuerwehr verschwand.

Fritz, der Doktor will dich untersuchen.

Kohnen reagierte nicht. Er konnte nur noch abgerissene Bewegungen erkennen. Als liefe ein Film in grober Zeitlupe ab.

Fritz, der Doktor ist da, bitte!

Doch Kohnen reagierte nicht. Er lag und starrte. Er schien die anderen gar nicht zu bemerken.

Ich mache das schon, sagte der Arzt und sie ging in die Wohnküche.

Elfriede hob die Gardine an. Blaulichter blinkten hinter dem Übergang. Da hatten sich Menschen angesammelt und redeten heftig. In Helene Neussers Wohnung standen beide Flügel des Eckfensters offen. Leute gestikulierten da oben und zeigten nach unten.

Die Katastrophen nehmen einfach kein Ende, sagte der Arzt plötzlich hinter ihr. Sicher hat sich jemand vor den Zug geworfen.

Elfriedes Kopf kam wieder hoch. Sie sah ihn verstört an. Sie schämte sich und wusste nicht warum.

Eine Nachbarin stand mit verschränkten Armen vor dem Fenster und blickte starr in Richtung Bahndamm. Friede öffnete den rechten Flügel ein wenig, sagte aber nichts. Die Frau drehte sich um und sagte: Die alte Neusser. Einfach gesprungen! Hat sich umgebracht!

Elfriede erbleichte, schloss das Fenster, lief zur Toilette, um sich heftig zu übergeben. Sie sackte einfach zusammen, eine beinlose Masse und kam kurz danach wieder zu sich. Der Arzt sah nach ihr und gab ihr eine Spritze. Er brachte sie zum Bett, maß den Blutdruck, schüttelte den Kopf und stemmte die Arme in die Hüfte angesichts dieser beiden ausweglosen Patienten. Ihr Gesicht war noch in einer anderen Welt. Blutleer, weiß, die Haut wie zerfallen, das Haar ohne Sitz, die Augen machten noch nicht wieder mit. Elfriede Kohnen wirkte öde und verlassen, wie eine kahle, treibende Insel.

Der Arzt bestand darauf, ihre Tochter zu verständigen, zumal ja auch ihr Mann in keinem guten Zustand sei.

Im Grunde können Sie Ihren Haushalt jetzt nicht mehr ganz allein bewältigen!'

Sie saß schon wieder.

Meine Tochter arbeitet in einer Kindertagesstätte. Sie kann um diese Zeit unmöglich da weg.

Aber auf Ihre Verantwortung Frau Kohnen!

Sie lag und ruderte in einem Kahn zwischen Wachen und Schlaf. Sie konnte aufstehen. Konnte herumlaufen. Aber sie zog es vor zu liegen. Wenigstens heute. Würde nur für Medikamente sorgen, eine Hühnersuppe und ein, zwei Butterbrote. Eigentlich musste sie sich bewegen, bei ihrer Krankheit. Einmal am Tag ins Schwitzen geraten. Doch ihr Herz ließ das nicht zu. Gartenarbeit wäre das Richtige gewesen, aber sie schaffte es nicht ohne Herzschmerzen. Es war wohl abzusehen, wie lange der Körper diese Diskrepanz noch überbrücken wollte.

Fritz, sagte sie, der Zeitpunkt ist gekommen, an dem du mir alles sagen solltest. Ich habe Anspruch darauf. Hab lange geschwiegen. Eigenlob stinkt, aber ich kann sagen, ich war wirklich sehr zurückhaltend. Es ist sicher leichter für dich, wenn du mir alles erzählt hast. Nicht alle Details natürlich. Das Wichtigste! Hab keine Angst! Vielleicht macht eine Schwalbe ja schon den Frühling. Werden sehen. Jedenfalls können wir so nicht weiterleben. Du sagst nichts. Auch gut. Lass dir Zeit! Sag nur das Wichtigste! In der Kürze liegt die Würze. Du hast einmal versprochen, immer ehrlich mit mir zu sein. Sag erst mal wenig, mach einen neuen Anfang. Immer noch nichts! Ich biete den kleinen Finger, du nimmst die ganze Hand. Sagst nämlich gar nichts. Hast einmal versprochen immer ehrlich zu sein … aber wer viel verspricht hält wenig. Was ist zum Beispiel mit dem kleinen Dachboden? Fällt dir da nichts ein? Oder die Werkstatt. Was hast du in der letzten Zeit neues gemacht? Na? Sag etwas!

Sie hatte noch immer ihre Augen geschlossen. Jeden Moment würde seine Hand näher kommen um nach ihrer Hand zu greifen. Und alles, was er sagen würde, wäre: Friede, Friede, mir tut das alles so leid …

Sie wartete. Es kam nichts. Seine Schuld musste sehr groß sein. Sie musste tief und schwer liegen.

Was ist zum Beispiel mit dem kleinen Holzkasten?

Nichts!

Was sollte das eingebrannte Kreuz? So was machen doch kleine Jungs.

Nichts!

197

Aber was jetzt kommt, das machen nur große Jungs! Nun käme er aus der Reserve. Er wusste, was kam. Das wollte er sich nicht aus der Hand nehmen lassen. Jetzt hatte sie ihn.

Nichts!

Wer die Wahl hat, hat die Qual, Fritz Kohnen. Frieden oder Krieg.

Warum sagte Kohnen nichts? Konnte er so ausgekocht sein? Wollte er sie noch mehr quälen? Sie würde noch warten. Noch eine halbe Stunde. Dann würde sie das mit dem eingeschweißten Packen Briefe und den Fotos erwähnen. Und wenn er dann nicht reagierte, würde sie tatsächlich für immer schweigen.

Sie gelangte wieder in ihren Traum. Den einzigen wirklichen Traum. Sein Unterhemd blinkt über ihr. Fest der Seele, nicht mehr unterscheiden können zwischen oben und unten. Heu und Stroh sind überall. Der Duft der Haut wird nicht grau werden. Morgen wird er in die Großstadt zurückfahren. Bei den ersten Häusern und Schobern werden sie allmählich zum immerwährenden Schatten.

Fritz? Ich frage dich ein letztes Mal, hast du mir etwas zu sagen?

Sie verstand ihn nicht. Sie hasste diese Sturheit. Sie gäbe ihm noch ein paar Minuten.

Der Traum. Sie löscht die einsame Glühlampe unter dem Balken, kühlt den Körper mit Wasser. Der einzige wirkliche Traum ihres Lebens.

9Sie erhob sich. Würdigte ihn keines Blickes. Zur Küche gewandt sagte sie:

Dir ist wohl alles egal, Fritz Kohnen. Dich lässt alles kalt. Dann interessiert dich wohl auch nicht, dass Helene Neusser sich heute umgebracht hat. Kurz bevor der Arzt da war. Aus dem Fenster gestürzt. Einfach so. Auch so was lässt dich einfach kalt.

Sie ging in die Wohnküche und setzte Wasser auf. Sie dachte ans Heu, an den fernen Geliebten, den sie nie vergessen hatte und an die unmenschliche Sturheit ihres Mannes.

Über die Leiter gelangt sie in ihr gekalktes Zimmer, in dem der warme Spätsommer nistet, mit winzigen Lauten und unendlicher Pracht. Sie sieht in den Spiegel, dem ein Drittel des Glases fehlt. Eine geheimnisvolle Karte entsteht zwischen Tränen und Staub, die immer in ihrem Gedächtnis bleibt.

Als sie das Schlafzimmer mit dem kleinen Tablett betrat, schrie Elfriede auf. Fritz Kohnen lag, nach hinten gewölbt, mit weit aufgerissenen Augen, die im trüben Fenster eine Antwort zu suchen schienen. Denn Fritz Kohnen war tot.

Sie ließ das Tablett fallen, als sie ihn so sah, rannte zu ihm. Oh mein Gott! Welche ihrer Fragen hatte ihn wohl umgebracht? Welche ihrer Eröffnungen? Welche Unerbittlichkeit? Sie zitterte am ganzen Leib. Sie müsste jede Schuld auf sich nehmen. Sie wollte Abbitte tun und kniete nieder. Es hörte nicht auf, sie zu schütteln.

Elfriede Kohnen konnte nicht wissen, dass er nur ein kurzes, schmerzhaftes Zerreißen gespürt hatte, als der Arzt beim Weggehen sagte:

Aber auf Ihre Verantwortung Frau Kohnen!

32

Es war eine intime Beerdigung gewesen. Einige Unermüdliche aus der Nachbarschaft waren gekommen, Überlebende aus Kohnens Kindheit, ein gleichaltriger Kollege aus Eisenbahnerzeiten, der Friseur mit seiner Frau, ein paar Gesichter, die man auf jeder Beerdigung sieht, Kohnens Kinder und Enkel natürlich. Sogar die Bayern waren vollzählig.

Elfriede hatte tagelang immer wieder stereotyp betont:

Alles was ich will, ist eine würdige Beerdigung. Eine wirklich würdige Beerdigung.

Karin war mit ihrer Tochter für einige Zeit zu ihr gezogen und hatte die Dinge zügig in die Hand genommen. Lediglich die Gestaltung der Todesanzeige hatte Elfriede sich nicht nehmen lassen. Oben links las man den Spruch: *So nimm denn meine Hände* und rechtsbündig: *Ende gut, alles gut*, wovon der Bestatter ihr dringend abgeraten hatte. Doch Friede hatte darauf bestanden. Schließlich ist *mein* Mann gestorben, hatte sie kämpferisch gesagt. Das Grab lag mittig in der zweiten Reihe, nahe bei einigen Schulkameraden, denn die erste Reihe war auf Jahre vergeben. Stattdessen hatte Elfriede eine attraktive Zweiergrabstätte erwerben können. Immerhin.

Vernünftige Lösung, betonte ihr Sohn immer wieder, wirklich, sehr vernünftig!

Alles was ich wollte, war eine würdige Beerdigung!

Sie hatte es sich nicht nehmen lassen, die Anzeige an die Regionaldirektion der Bundesbahn zu schicken. Das hatte Karin ihr nicht ausreden können. Heimlich schickte sie sie sogar der Generaldirektion und an das Bundesverkehrsministerium. Von dort kam sie mit dem Vermerk: *Zurück an Absender* wieder in ihren Briefkasten und Karin verbiss sich einen Kommentar. Den Hinweis: *Schrankenwärter* unter Kohnens Namen schluckte sie nur mit Widerwillen. Sie hatte ihn ihr nicht ausreden können.

Auch der Mann in der Annahmestelle hatte den Mund verzogen, aber nichts gesagt. Das Geschäft mit Schreibwaren und Visitenkartendruck lag eingequetscht zwischen zwei anderen größeren Geschäften, und Elfriede dachte: Der ist gestraft genug mit seinen schäbigen zehn Quadratmetern. Schien es nicht so, als wollte er sagen: Da hat er mit seinem Ableben ja noch Glück gehabt. Die Ermittlungen werden dann wohl eingestellt.

Am Morgen nach dem Fenstersturz hatte Elfriede Kohnen unverhofft den Brief von Helene Neusser im Kasten gefunden. Sie konnte wenig damit anfangen und schloss auf eine einsame verzweifelte Frau.

Liebe Frau Kohnen,
ich hätte Ihnen noch so viel zu sagen gehabt, aber nun kann ich das ja nicht mehr. Ich wünsche Ihnen trotzdem alles Gute. Die Gespräche mit Ihnen haben mir gut getan. Sie sind ein guter Mensch.
Ihre Helene Neusser

Elfriede Kohnen kam einfach nicht darauf, Fritz und Helene in einen Zusammenhang zu bringen. Den Holzkasten möglicherweise als kleinen Sarg zu begreifen der bewies, dass Fritz zumindest etwas gewusst haben musste. Die blaue Plane. Kohnens sonderbare Abneigung gegen Saras blaues Kleidchen. Oder hatte er mit den Briefen und Fotos seine heimliche Liebe in dem Kasten mit Kreuz beerdigt? Da wäre auch noch Platz gewesen für mehr. Hatte er mehr beerdigen wollen? War der Grund für Helenes tragischen Fenstersturz nicht eine der alltäglichen Altersdepressionen gewesen? Hätte Elfriede ihr helfen können? Vielleicht würde sie ja irgendwann doch noch, nach langem Grübeln, auf Antworten kommen. Und weil sie weder Fritz noch Helene befragen konnte, bewegten sich ihre Gedanken zwischen den Sätzen: *So nimm denn meine Hände* sowie *Ende gut, alles gut.*

Am zweiten Tag nach Fritz Kohnens Beerdigung rief sie ihren Arzt an und bat ihn, der Polizei von seinem Tod Mitteilung zu machen. Unter allen Umständen wolle sie irgendwelchen Befragungen entgehen. Es gäbe nichts zu fragen und sie wisse auch nichts. Man solle sie verschonen. Auch in die Buchhandlungen brauchte sie nun nicht mehr. Denn die Krankheit ihres verstorbenen Mannes war mit seinem Tod ausgeheilt. Nur mit ihrer Schuld hätte sie noch zurechtzukommen. Denn hatte sie nicht sein plötzliches Ableben ausgelöst? Doch das musste sie wohl mit sich allein ausmachen. Sie litt. Nur ihre Enkelin bereitete ihr Freude und lenkte sie ab. Wenn sie von der Schule kam, hatte sie das Mittagessen fertig. Nachmittags saß Elfriede im Lehnstuhl am Fenster und beobachtete Sara bei den Hausaufgaben. Manchmal begleitete sie sie auch zum Friedhof. Wenn Sara zum Sportverein, zum Schwimmen oder zu Freundinnen mit dem Fahrrad unterwegs war, suchte sich Elfriede Zerstreuung mit Kreuzworträtseln oder den Zeitungsartikeln über die Krankheit anderer Leute. Seltener sah sie fern, Karin hatte ihr einen neuen Apparat geschenkt, denn Elfriedes Augen wurden immer schlechter.

Abends, wenn das Kind schlief, die Tochter mit ihrem Freund ausgegangen war, saß sie manchmal im abgedunkelten Zimmer und dachte intensiv nach. Immer wieder sah sie dann die glühenden Feuer der roten Ampel aufquellen, deren konzentrische Kreise sich wie ein Fanal des

Vergangenen in den Scheiben dunkler Schaufenster ihr gegenüber spiegelten.

Das Telefon klingelte ungeduldig. Sara war in der Schule. Der Arzt würde bald kommen.

Da steht was über unseren Vater. Ich rufe wieder an.

Karin legte schnell wieder auf, denn sie konnte ihre Schützlinge nicht allein lassen.

Elfriede riss die Lokal-Zeitung auf, las atemlos und hungrig über die so genannte *Bahn-Damm-Affäre*, ausgiebig von schwierigster Altersbestimmung der mumifizierten Leiche, von einer teilweisen Fettwachsbildung oder Leichenlipiden; im Grunde sei es unmöglich, eine genaue Lagerdauer des Funds festzustellen.

Es handele sich im Übrigen und höchstwahrscheinlich um einen schon totgeborenen Jungen, an dem keinerlei äußere Gewaltanwendung hatte festgestellt werden können. Sechs Belüftungsschlitze und die durch die benachbarte, frühere Feuerungsanlage und spätere Elektroheizung ständig gewährleistete Trockenheit, hätten eine Mumifizierung begünstigt. Somit sei jede Verdächtigung des vormaligen Schrankenwärters. der am Posten 49 über vierzig Jahre seinen untadeligen Dienst verrichtet habe, oder einer seiner Vertretungen hinfällig. Wie die Kindsleiche letztendlich dorthin gekommen sei und welches menschliche Schicksal dahinterstecke, könne wohl nie mehr aufgeklärt werden.

Sie sackte zurück. Sie hatte es doch gewusst. Fritz war unschuldig. Und stand der Sockel nicht schließlich schon länger als er dort tätig gewesen war? Bloß, was hatte er nachts dort gewollt? Aber Elfriede Kohnen weigerte sich, seine Wut auf den Abriss mit irgendwelchen hypothetischen Kombinationen in Verbindung zu bringen. Sie war erlöst. Überall begegnete man ihr zuvorkommend. Man bot ihr Hilfe an, man lud sie ein. Endlich konnte sie den Rest ihres strapazierten Lebens im warmen Schein der Rechtschaffenheit verbringen, die nun auch Fritz wieder umgab.

33

Nach einigen Tagen der Unbeschwertheit fühlte sie ständig das nach ihr greifende Herz. Es waren Schmerzen, als würden Eispickel in ihre Brust eindringen. Fritz verfolgte sie. Und hätte sie zuvor mit seiner Schuld nicht leben können, so konnte sie wohl jetzt seine unverhoffte Entlastung kaum verkraften. Dauernd rief sie nach ihrem Arzt. War sie nicht jetzt noch schuldiger?

Eines Tages fiel ihr die Kladde im Küchenschrank ein und sie begann, in Fritz' Chronik zu lesen. Dabei erinnerte sie sich der vielen gemeinsam verbrachten Jahre, und manches Detail tauchte so nebenbei auf, das sie nicht ständig greifbar gehabt hatte. Sie weinte viel. Immer öfter versuchte sie die Jahre mit Fritz zu idealisieren, als sei dies die einzige Möglichkeit, seiner Unschuld und ihrer eigenen an seinem plötzlichen Ableben, im Nachhinein gerecht zu werden. Das Heft war nur halb voll geschrieben. Das bedauerte sie zutiefst. Zuletzt hatte sie auch selbst nicht mehr ins Reine geschrieben.

Sie schlug die letzte Seite auf, wo sie sich einen Einfall notieren wollte. Diese allerletzte Seite hätte ja eigentlich vollständig leer sein müssen. Aber sie war nicht leer. Fritz hatte sie hektisch und krakelig vollgeschrieben, bis an den unteren Rand.

Liebste Elfriede, las sie, ich weiß nun gar nicht, ob ich diese Chronik jemals beenden kann. Es fällt mir unendlich schwer, dieses Schreiben. Noch schwerer fällt mir, dir endlich etwas zu sagen, was mich seit Jahren quält. Ich ...

Sie konnte nicht weiterlesen. Nicht weil sie es innerlich nicht konnte, sondern weil seine Worte einfach unlesbar wurden. Sie holte das Vergrößerungsglas, aber es nutzte alles nichts. Vereinzelt lesbare Worte ergaben keinen Zusammenhang, so sehr sie sich auch bemühte. Sie hätte schreien mögen, aber sie konnte auch das nicht. Sie holte sich eine stärkere Lampe, doch alle Bemühungen waren schlichtweg vergebens. Fritz hatte sich in ehrlicher Absicht eine Sache vom Leib geschrieben, die sie nun niemals erfahren würde. Er hatte einfach nicht bedacht, dass sie diese Geschichte auch lesen können musste. Zudem verwischte Elfriede selbst den weichen Bleistift immer mehr, bei jedem näheren Gebrauch, bei jedem neuen Versuch, doch noch fündig zu werden. Schließlich hielt sie inne, wurde einen Moment lang ganz ernst und … lächelte. Sie ließ die Tischkante los, ging zum Ausguss, zerriss das Heft, warf das Papier hinein, zündete es an und schaute den Flammen hingegeben zu.

Elfriedes Augen schwammen. Im Spülbecken zuckten die Flammen auf, goldrot. Alles das, was ihr in einer letzten Beichte Glück oder Unglück hätte bescheren können, verbrannte. Doch sie lächelte wie aus großer Ferne. Etwas später würde sie die kalte Asche hinaustragen.

Doch dazu kam es nicht mehr. Sie fiel mitten in der Küche ganz plötzlich nach hinten, fühlte etwas in der Brust als würde man ein grobes Nesseltuch mit großer Kraft zerreißen. Aber das konnte doch einfach nicht sein … gerade eben noch …

Kurz kam sie mit dem Oberkörper noch einmal hoch, dann fiel ihr Kopf auf den Küchenboden, wo Elfriede noch kurz das das beigebraune Kachelmuster des Linoleums erkannte, bevor sie starb. Sie hatten es erst letztes Jahr neu ausgelegt. Das dumpfe Geräusch des Aufpralls auf den Holzboden darunter verklang.

Zwei Tage später fand man Elfriede Kohnen mit ausgebreiteten Armen und einem madonnenhaften Lächeln.

Über der Wiese flimmert Sonne. Es ist nicht die Wiese aus der Vergangenheit, aus Elfriedes Traum von den Erntefeldern der Jugend, den sie nun nicht mehr träumen kann. Es ist die langgestreckte, dreieckige Wiese, die das inzwischen eingeebnete Haus des Schrankenwärters Fritz Kohnen ersetzt. Bahn und Stadt hatten sich über die weitere Verwendung des Grundstückes am Ende geeinigt und die Stadt hatte es von der Bahn gekauft. Es sollte nicht mehr bebaut werden. Auf dem neuen Mutterboden wüchsen nun wilde Blumen, Margeriten und heftig leuchtender Klatschmohn. Und die Leute würden bald nur noch diese fröhliche Wiese kennen, die im spitzen Eck weiter unten endete, an einem weißen, schon lange nicht mehr gestrichenen Pfahl.

***

JAN TUROVSKI

Geboren in Bielefeld.
Romane, Kurzgeschichten, Lyrik, Theaterstücke.
Kaufmännische Ausbildung. Gesangsausbildung Oper.

Studienjahre in Cambridge, London und Paris.
Amerika-Aufenthalte.

Cambridge University: Diploma in English Language.
Certificate of Proficiency in English.

Student trainee der Fa. Selfridges Ltd. London.

Université de Paris, La Sorbonne: Sorbonne Diplôme de
langue et Littérature françaises. Lettres modernes.

Collège de France : Literatur-Vorlesungen.

3 x *Granta-Preis* für die Short Stories *Purgatory*,
The Witness und *Blue Glass*.

Prix Littéraire Européen Arthur Rimbaud 2000 für
die unveröffentlichten Manuskripte *Sophie fatale* ...
(Roman) und *Die blaue Provinz* (Gedichte).

Mitarbeit an *die horen*, *The London Magazine*, Lyrik-
Anthologien, sowie an Rowohlts Don-Juan-Anthologie,
'*Geschichten zwischen Liebe und Tod*'.

Beiträge in Zeitungen, Zeitschriften. Rezensionen.

Buch-Publikationen:

1988: *Die Sonntage des Herrn Kopanski*, Roman, Benziger Verlag/Zürich.

1995: *Der Rücken des Vaters*, Roman, Avlos.

1997: *Vor(w)orte der Liebe*, Gedichte, Avlos.

2002: *Sweet Home*, Kurzgeschichten, Edition AB.

2012: *Berni, Bastian und Therese*, Novelle, Bouvier.

Sowie weitere Romane bei andiamo:

Das sprichwörtliche Leben, Roman, 2014, kartoniert, 212 Seiten, 14.90 € – ISBN
Neuausgabe 2024

Sophie fatale..., Roman, 2024, kartoniert, 184 Seiten, 13,90 €, ISBN 978-3-7597-8266-3
Neuausgabe 2024

Der Rücken des Vaters, Roman, 2024, kartoniert, 176 Seiten, 13,90 €, ISBN 978-3-7597-0865-6
Neuausgabe 2024

Der kleine Idiot, Roman, 2024, kartoniert, 176 Seiten, ISBN 978-3-7583-9342-6

Joy & Nackt und Nebel, Zwei Kurzromane, 2023, kartoniert, 204 Seiten, 14,90 €, ISBN

Chicago-Pizza, Short-Stories, 2023, kartoniert, 320 Seiten, 15,90 € - ISBN 978-375789-88-78

Die blaue Provinz, Gedichte, 2023, kartoniert, 200 Seiten, 14.90 € - ISBN 978-3-7578-3108-0

Die Frau aus dem Plakat, Roman, 2022, kartoniert, 304 Seiten, 14,90 € - ISBN 978-3756-2917-55

Café noir & Under-Ground, Paris-/London-Stories, 2022, kartoniert, 212 Seiten, 13.90 € - ISBN 978-3755-7939-3

Lea, Leona ..., Roman, 2021, kartoniert,
168 Seiten, 12.90 € - ISBN 978-3-7543-6880-0

Das rote Bonbon, Short Stories, 2021, kartoniert,
252 Seiten, 13.90 € - ISBN 978-3-7534-3083-3

Fünfter Bezirk, Gedichte, 2020, kartoniert,
168 Seiten, 12.90 € - ISBN 978-3752-6749-34

Die Spur der Louise B., Roman, 2020, kartoniert,
225 Seiten, 13.90 € - ISBN 978-3-7519-7408-0

Madame Bourgin, Roman, 2018, kartoniert,
151 Seiten, 12.00 € - ISBN 978-3-748112-46-4

Kopanski kehrt zurück, Roman, 2018, kartoniert,
192 Seiten, 13.90 € – ISBN 978-3-746080-74-1

Die Sonntage des Herrn Kopanski, Roman,
2. Auflage 2018, kartoniert, 260 Seiten, 13.90 €
ISBN 978-3-746043-07-4   <u>Neuausgabe</u>

Der Fall Odile Féret, Roman, 2017, kartoniert,
204 Seiten, 13.90 € – ISBN 978-3-936625-85-1

Polnische Dörfer, Roman, 2016, kartoniert,
220 Seiten, 13.90 € – ISBN 978-3-936625-80-6

Millingers Bart, Roman, 2016, kartoniert,
236 Seiten, 13.90 € – ISBN 978-3-936625-79-0

Almuts Affären, Roman, 2015, kartoniert,
200 Seiten, 13.90 € – ISBN 978-3-936625-78-3

Der lange Arm, Roman, 2015, kartoniert,
196 Seiten, 13.90 € – ISBN 978-3-936625-57-8

Empfehlungen:

Darina Schneider: *Sehsucht*. Gedichte,
48 Seiten, Hardcover mit Schutzumschlag,
ISBN 978-3-936625-84-4, 14,80 €

Rumjana Zacharieva: *Am Grund der Zeit*. Gedichte,
116 Seiten, kartoniert,
ISBN 978-3-936625-20-2, 12,90 €

Dimitar Christov: *Loblieder und Trinksprüche*,
Gedichte, 76 Seiten, 9.90 €, kartoniert.
9.90 € - ISBN 978-3-753473-80-2

FSC
www.fsc.org

MIX
Papier aus verantwortungsvollen Quellen
Paper from responsible sources
FSC® C105338